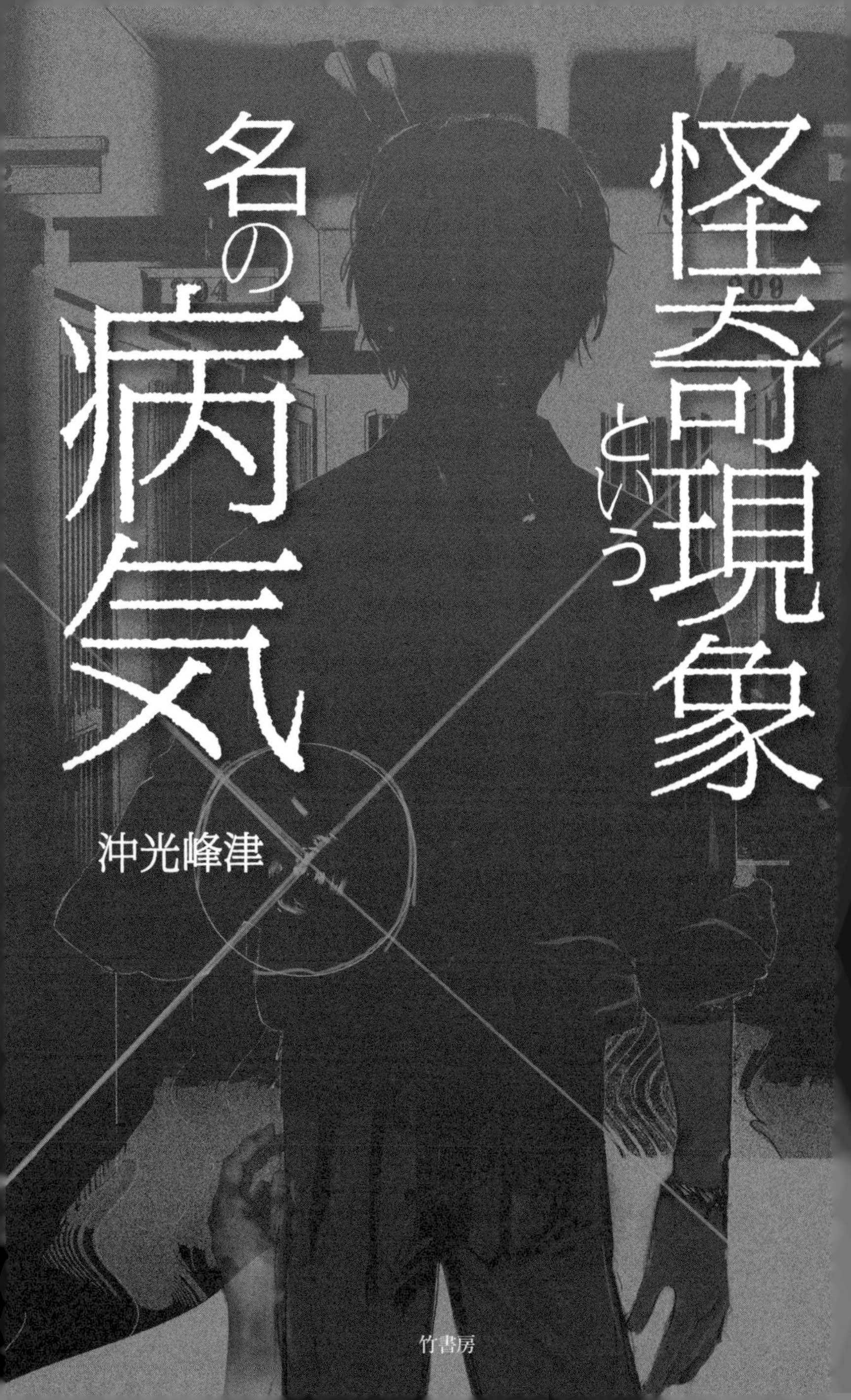
怪奇現象という名の病気
沖光峰津
竹書房

怪奇現象という名の病気

沖光峰津

竹書房

装画　目黒詔子
装幀　田中玲子

もくじ

※本書は、小説投稿サイト〈エブリスタ〉と竹書房のコラボによる長編ホラー小説コンテスト「第一回最恐小説大賞」の受賞作です。
物語はフィクションです。登場する人物・団体・名称等は架空であり、実在のものとは関係ありません。一部過激な表現を含みますが、これらは差別・侮蔑を意図する考えに基づくものではありません。

プロローグ

中田哲也《なかたてつや》は磯山病院でアルバイトをしている。

病院のアルバイトと言ってもただの警備員だ。医学生ではなく普通の大学生である。

磯山病院は、怪我や病気など目に見えるものを扱う一般の病院とは違い、目に見えない心というものを扱う心療内科専門の病院である。

哲也の住む町は都会ではない。周りを田畑に囲まれ、近くに山々がある田舎だ。

磯山病院はその中でも町から少し離れた山の中にある。

自然に囲まれた山の中で安静に治療できるという事もあるが、近隣住民たちとのトラブルを避けるためというのが本当のところだ。

専門だけあって病院の規模はかなり大きい。大学病院規模の本館に別館があり、入院患者の病棟も普通のものが十棟、重症患者用の隔離病棟が三つもある。

専門の医者にカウンセラーがいるのはもちろん、施設も整っていてトップレベルだ。

これだけの規模であるから全国から患者が集まってくる。

患者には本当にいろいろな人がいる。

よく聞く統合失調症や気分障害を患っている人はもちろん、脳器質性精神障害など難しい病名も医者からよく聞く。患者から直接話を聞く機会もあるが、病んだ人特有の誰かに監視されているだとか、何かが電波を送ってくるなどという話とは違う話をする人がいる。

先の人たちの大半が何度も聞くと辻褄が合わない事だらけなのに対して、何度聞いても話の辻褄が合い、まるで事実であるかのように突拍子もない話をする人たちがいる。

哲也は時々思う、この人たちは本当に心の病気なのだろうか、もしかして……。

第一話　安心毛布

哲也が吉田と知り合ったのはバイトを始めて間もなくの頃だ。

吉田徹《よしだとおる》さんは磯山病院に入院して間もなく一年が経つという、歳は哲也より二つ上の二十一歳である。

ある事件を起こして、家から一番近い心療内科専門の病院に措置入院していたが、見舞いに来た親戚に、もっと良い病院を知っていると勧められて磯山病院へと転院してきた。

歳が近いせいか直ぐに親しくなった哲也が話を聞くと、どうも幻覚を見るらしい。幼い頃からそういったものを見ていたが、お婆ちゃんが助けてくれたので怖くはなかったという。今も御守りだと言って亡くなった祖母が作ってくれたボロボロの毛布を大事そうに抱えていた。

毛布を取ると錯乱して暴れるので、持ち歩くことは先生が許可している。

哲也も毛布を見せてもらったことがある。

ボロボロの毛布に開いた穴から何やら梵字《ぼんじ》のようなものが書かれた布切れが織り込んであるの

が見えた。

吉田さんはこれが御守りなのだと言っていた。

いろいろな幻覚を見てきたと彼は言う。

実際、山で鎧武者が刀を振りかざして追いかけてきたこともあったし、車に乗っている時に窓ガラスに頭が崩れた女の人がへばりついていたこともあった。

吉田さんはお婆ちゃん子で、その都度祖母が助けてくれたのだと言う。


これはそんな吉田徹さんから聞いた話だ。

＊

「徹は勘の鋭い子じゃけん、人の見えんものが見えると。ばあちゃんも昔は見えとったんよ、今は見えんようになったけどの。見えるもんには良いもんと悪いもんがおる。悪いもんには今からばあちゃが教える呪文を唱えっとええ」

吉田徹が幼稚園に入ったばかりの頃、何かに怯え、泣いていると、祖母がよくこう言って頭を撫でてくれた。そして子供には難しい呪文を教えてくれた。

幼い吉田に呪文は難しくて覚えられなかったが、最後の言葉は覚えているという。お経のような難しい呪文の後に必ず祖母はこう付け足していた。

『わしゃなもできん、つくなわやなく、ほかつけ、おまとかんあるほかつけ』

幼い頃の吉田は幻覚を見るとその言葉だけを何度も唱えていた。

幼稚園年長組に入った頃、大好きな祖母が病気で亡くなった。

祖母が亡くなる数日前、枕元に吉田をよぶと一枚の毛布を手渡してくれた。どこにでも売っている安価な薄い毛布だ。それを手縫いで二枚重ねにしてある。寒くないようにと祖母の心の籠もった毛布だ。

「ばあちゃもうすぐ行くけん、徹心配せんでよかと。この毛布が徹を守ってくれるけん、変なもん見たらこの毛布に包まってっとよか。消えるまで毛布ん中おったらいいけん」

毛布を渡しながら祖母はそう言って笑った。

祖母の言った通り、その毛布の効き目は抜群であった。

吉田は毎晩その毛布に包まって眠った。夜中に怖い幻覚を見ることがなくなったからである。

幾日かして祖母が亡くなった。

以来、吉田にとってこの毛布だけが怖い幻覚から身を守ってくれる大切なものとなる。汚くボロボロになっても、毛布は何度も洗って使い続けた。

大人になった今でも手放すことはない。天気の良い日の朝に洗ってすぐに干せば、夜には乾いて使うことができる。

こうして毎日使っていたが、何度か使えない時があった。干している間に通り雨が降って乾かなかった時や、あまりにもボロボロで母の繕いが間に合わなかった時である。

毛布のない夜は必ずと言っていいほど怖い幻覚を見た。

その中でも二度ほど忘れられない出来事があるという。小学五年生と中学二年生での出来事である。


小学五年生の春のことだ。

最初は晴天だったのだが母が買い物に行っている三十分ほどの間に雨が降ってしまい、干していた毛布が濡れてしまった。夜になっても乾かず、仕方なく毛布なしで寝ることになった。

実はその日の朝、吉田は登校する道沿いで嫌なものを見てしまっていた。

晴天だというのに傘を差した幼女がしゃがんで側溝を覗き込んでいたのだ。横からなのではっきりとは見えなかったが、耳が半分隠れるくらいの髪に、黒っぽい水玉模様の付いた黄緑色のワンピースを着た幼稚園の年長組といった感じの女の子に見えた。

歩きながら前方の幼女を見ていると、男児二人がその子にぶつかった。確かにぶつかったのに二人はそのまま何事もなかったかのように歩いている。二人の男児が幼女の体を突き抜けていくところを目の当たりにして吉田は合点がいった。

幼女をよく見ると傘は曲がりひしゃげ、布が裂けて傘の骨が突き出ている。ワンピースの所々には赤黒い大きな染みが付いていていた。水玉模様ではなかったのだ。黄緑色のワンピースが血に染まっていた。

この子は人間じゃない……。吉田は気付いて避けようとした。

向かい側の歩道へ渡ろうと後ろを見るが、バスが走ってきていて渡れない。仕方なく前に向き直った瞬間、息が止まった。吉田のすぐ目の前に幼女がいた。

「ひぃっ！」

息を吸い込みながら小さな悲鳴を上げた。

幼女の右目は傘の骨が刺さって潰れていた。頭の左側が砕けて骨が見え、血と黄色い体液がグジュグジュと垂れるように流れている。

『おててがないの、鞄は見つかったけどおててがないの』

残った左眼で虚ろに吉田を見つめて幼女が言った。
不気味な薄ら笑いをして左腕を突き出してくるが、その手首から先がない。血が黒く固まった肉と突き出た白い骨だけがそこにあった。

『おててがないから鞄が持てないの、お兄ちゃん一緒に探してくれる？』

残った左眼で恨めしげに彼を見つめながら幼女がせがむ。
その足元、その部分だけ真新しいガードレールの下に花瓶が置かれ、挿した花が枯れていた。

「うわぁあぁぁ」

叫びながら幼女の脇を逃げるように走った。
そのまま学校まで全力で走って友人の姿を見つけたところでやっと少し落ち着いて、後ろを振り返る。

もう幼女の姿は見えない。だが声が耳に残った。


『おててがないの……』


この世ならざるものを見ることに慣れた吉田も、これには参った。

帰りはわざと遠回りしてあの道を使わずに帰宅した。昼間見えるものはそのほとんどが見えるだけで悪さはしてこない。だが今日のは違った。あの幼女の恨めしげな目付きを思い出すと何か嫌な予感がしてならなかった。


そんなことがあった夜に魔除けの毛布が使えなくなったのである。

「えーっ、毛布乾いてないの？　乾いてなくてもいいから、それ使うから持ってきて！」

「バカ言わないの風邪ひいたらどうすんの、明日には乾くから今日一晩だけ我慢なさい」

吉田の必死の頼みも母には通用しない、いつもこうである。吉田が幻覚を見て怖がっていても何もしようとしない、それどころか世間体を気にして怒鳴りつける。

この頃から母が嫌いであった。夜遅くに帰って来て滅多に顔を合わさない父も同じである。

その夜は毛布なしで眠った。怖いので部屋の明かりを点けたままベッドに潜り込む。

深夜、寒さに目が覚めた。五月だというのに真冬のように寒く感じる。

「えっ、電気？　そうか母さんが消したんだ」

寝惚け眼で寝返りを打つ、寒さで寝付けず横になりながら部屋を見回した。暗い部屋にだんだんと目が慣れてくる。

ベッドの端、足元に小さな黒い影が立っていた。気付くと同時に体が動かなくなる。金縛りだ。指一本動かせないのに目だけは動いてその小さな影に吸い寄せられていく。

『おててがないの、おててがないの、お兄ちゃん一緒に探して』

小さな影が、抑揚はないがハッキリした声で言った。

あの子だ……。吉田は今朝見た幼女を思い出した。

『おててがないの。あのね、車がおててもって行っちゃったの、それで外れてなくなっちゃったの、溝の中に落ちてなくなったの。おててがないの。だから一緒に探してお兄ちゃん。探してくれないのならお兄ちゃんのおててをちょうだい。おててがないと雨の日ママと手繋ぎできないの。だからおててちょうだい。こっちはダメよ、だってお気に入りの傘持つ手だもん』

枕元に来た幼女が吉田の顔を覗き込んでニタリと笑った。右目に傘の骨が突き刺さり、崩れた頭から血を滴らせ、左目だけがじっと見ていた。
痛っ！　左腕に激痛が走る。
目だけを動かし見てみると、幼女が傘の骨を何度も何度も彼の左腕に突き刺している。
ジュブッ、ジュブッと、肉を裂く音と共に幼女が口を開いた。
『おててをちょうだい。お兄ちゃんのおててをちょうだい、ママと手繋ぎするの』
ジュブッ、ジュブッと、幼女が傘の骨を突き立てるたび、吉田の左腕に激痛が走る。
痛がる吉田を見て幼女が笑う。
「わしゃなもできん、つくなわやなく、ほかつけ、おまとかんあるほかつけ」
祖母が唱えていた呪文の、覚えているところだけを一心不乱に繰り返し唱えた。
「わしゃなもできん、つくなわやなく、ほかつけ、おまとかんあるほかつけ」
どれくらい唱えていただろうか、手の痛みが消えた。

『そっか、わたしを殺した車の人の手を貰えばいいんだね、お兄ちゃんありがとう』

血の滴る口をニタリと大きく開くと、幼女は嬉しそうに言って消えた。

幼女の禍々しい笑みを見つめて吉田も気が遠くなり、そのまま失神したように眠った。


「夢だったのか……」

朝起きた吉田はたった今呟いた言葉を飲み込む。

ベッドの下、ちょうど左腕の辺りにひしゃげた傘の骨が一本落ちていた。

朝食を食べながらそれとなく聞くと、母が教えてくれた。

「ああ、二月の事故ね、車が突っ込んだんだよ、小さい女の子が亡くなったんだって。運転手が電話に夢中で、押しボタンの信号が赤に変わったのに気付かなくてね。慌ててブレーキをかけたみたいだけどスリップか何かして歩道のガードレールにぶつかって、女の子も飛ばされて壁に当たったんだってさ。かわいそうにね。その時ガードレールに挟まれて手が千切れちゃってね、今も見つかってないんだよ、雨で増水した側溝に流されたらしいって聞いたけど、ほんとにかわいそうにね。ほら早く食べて学校行きなさい」

母の全く心のこもっていない『かわいそう』を聞きながら、吉田は朝食を食べ終えると学校へ向かった。

幼女がいた歩道を通ったがもうそこには何もいない。

あの子は無事に手を貰えたのだろうか？

ガードレールの下で枯れ落ち、茶色い枝だけになった花瓶の花を見ながら吉田は思った。


次は中学二年の夏のことだ。この時の出来事で吉田は少しおかしくなったのだという。歳を追うごとに怖い幻覚を見ることも減っていたが、久しぶりに怖い目にあった。

友人の住む団地に遊びに行った時のことである。

団地内にある小さな公園で友人たちと遊んでいると、三人の大人が入ってきた。喧嘩しているような雰囲気だ。

「すんません、本当にすいません」

喧嘩ではなかった。夫婦らしい二人組に男が一方的に謝っていたのである。

聞きたくなくても声が大きいので聞こえてくる。

どうも男が事故か何かで夫婦の子供を死なせてしまったらしい。話が気になってチラチラと見ていた吉田の目におかしなものが見えた。

夫婦の周りに男の子が見える。一目で生きている人間じゃないと分かった。姿が透けていたからである。

小学校低学年くらいのその子は夫婦の周りを楽しそうにはしゃぎ回っていた。夫婦にも、謝っている男にも、見えていない様子だ。

男の子は夫婦の近くでは満面の笑顔だが、男の前に来ると目を吊り上げ、恨みのこもった顔で何度も男を殴るように手を動かしていた。

自分を殺した男が憎いんだろうなと思いながら、吉田は友人の話も上の空でその様子を見ていた。


団地に住む友人が喉が渇いたから部屋に戻ろうと立ち上がった。

他の友人も同時に立って歩き出す。吉田もその背を追うように立ち上がった。

歩き出す寸前、不意に右腕が引っ張られた。

反射的に振り向くと、青白い顔をした男の子が吉田の腕を掴んで見上げていた。男の子は短い髪が頭に張り付くほどにびっしょりと濡れている。

血の気のない白い顔。その紫の唇がゆっくりと動く。


『見えるよね？　お兄ちゃん見えるよね、ボク見えるよね、ひひひっ、見えてるよね』

全身ずぶ濡れの男の子がピクピクと頬を引き攣らせながら嬉しそうに笑った。紫の唇から覗く口の中は、青白い顔とは裏腹に不気味なほどに真っ赤だった。

吉田は男の子の腕を乱暴に振り払うと、まるで見えてないような素振りをして歩き出す。

『ひひひひっ、見えてるよね、見えてるくせに。まあいいや、どうやったら死ぬかな』

後ろから男の子の無気味な笑い声が聞こえてくる。

吉田は無視して逃げるように友人を追った。

部屋でジュースを飲みながら男の子のことを考えていると友人が教えてくれた。

「さっきのな、向かいの団地の人なんだ。謝ってたのはよく知らないけど親戚の人らしい、釣りに連れて行った子供が海に落ちて死んだんだってさ」

友人の言葉を聞いて男の子がびしょ濡れだった理由が分かった。

帰りに公園を通ったがもう夫婦も男の子もいない。吉田は安心して帰路についた。


家に帰った吉田がベッドを見るとあの毛布がない。昔のように毛布に包まっていないと眠れないということはもうないが、枕元に丸めて置いていないと安心できないのである。

「母さん、毛布がないんだけど」

「ボロボロだから繕ってあげようと思ってね、もういい加減に捨てたほうがいいんじゃないの？新しい毛布買ってあげるわよ」

母は相変わらずの返事だ。

吉田にとってあの毛布がどれだけ大切な物か分かっていない、喧嘩をするのも嫌なのでその夜は毛布なしで寝ることにした。


深夜ふと目が覚めた。体が動かない、金縛りだ。吉田は落ち着いて辺りを見回した。

流石に中学生ともなると慣れたものである。あの毛布が傍にあれば直接的な被害を受けないことも分かっていた。だが今は毛布がない。吉田にひりつくような緊張が走った。

横向きで寝ていた体勢のままで警戒するように部屋中を見回したが何もいない、いつの間にか金縛りも解けている。

ほっと安堵して寝返りをうったその時。


「うぅっ！」


息が詰まったような悲鳴が自然と口から出た。

顔の直ぐ上に壁からぬっと上半身を生やした男の子がいる。


『ほ〜らね、やっぱり見えてる』

白い顔の男の子が紫の唇をヒクヒクと引き攣らせて真っ赤な口の中を見せて笑った。

ぐっしょりと濡れた髪から雫がポタリポタリと吉田の顔に落ちてくる。

上を向いた状態で男の子と正面で向かい合ったまま、また金縛りになっていた。

『ひひひひっ、見えてる見えてる。ひひっ、お兄ちゃんやっぱり見えてる。ひひひっ』

「……わしゃなもできん、つくなわやなく、ほかつけ、おまとかんあるほかつけ……」

祖母から教わった呪文の覚えている部分だけを、金縛りで言葉にならない口の中で一心不乱に何度も唱えた。

『ひひひっ、そんなの無駄だよ、あのねお兄ちゃん、ボク事故じゃないよ、ボクおじちゃんに殺されたんだよ、おじちゃんに海に突き落とされたんだよ、ひひひひっ』

男の子が真っ赤な口を歪めて不気味に笑う。ニタリと口元を歪めているが目は笑っていない。

吉田は見つめ合ったまま必死に呪文を唱え続けた。

数十秒？　数分？　どれくらい時が経っただろうか、ふと掠れた笑い声が止まる。

不気味な笑みを消した男の子がじっと吉田を見つめて口を開いた。

『どうすれば殺せるのかな？　お兄ちゃん殺すのを手伝ってくれる？　ボク一人じゃ寂しいの……だからね、手伝ってくれたらお兄ちゃんには何もしないよ。でも……くれないなら、お兄ちゃんに一緒に来てもらうからね、ひっひひひっ、ひひひひっひっひっひひっ』

無表情な顔から一転、また不気味な声で笑い出した。

「殺す？　叔父を殺すのか？　そんな手伝いなんかできるか、やりたきゃお前一人でやれ。突き飛ばしたり、毒を食べさせたり、いくらでもできるだろ。一人でやれ、俺を巻き込むな……わしゃなもできん、つくなわやなく、ほかつけ、おまとかんあるほかつけ」

吉田は答えるとまた呪文を唱えた。

『ひひひっ、ダメだよ、突き飛ばしたくても触れないんだよ、なんでか分からないけど、お兄ちゃんなら触れるんだけどな、ひひっひひひっ、毒ってどうやるの、それを教えてくれれば帰るよ、お兄ちゃんには何もしないよ、ひひひひっ、ひひっひひひっ』

「毒って……毒なら公園に、お前と会った公園に尖った葉っぱが植えてあったろ、あの葉は夾竹桃《きょうちくとう》といって毒がある。その葉っぱとか汁を食べさせたら死ぬよ、俺はもう知らんからな、わしゃなもできん、つくなわやなく、ほかつけ、おまとかんあるほかつけ」

思い出したように答えると後は一心不乱に呪文を唱えた。

夾竹桃のことは本か何かで見て知っていたことである。

『ひひっひーっひひっ、お兄ちゃんありがとう、ひーっひーっひっひひひっありがとう』

掠れるような引き攣った笑い声を出して不気味な笑顔を見せると男の子は消えた。

「わしゃなもできん、つくなわやなく、ほかつけ、おまとかんあるほかつけ」

気が付くと金縛りは解けていて、口の中で唱えていた呪文が言葉となって出ていた。

また来るのではないかという恐怖と警戒で暫く起きていたが、いつの間にか眠っていて、次に起きた時には朝になっていた。

次の夜も警戒していたが祖母の毛布があったので怖くはなかった。その夜は久しぶりに毛布に包まって眠った。毛布の御陰か男の子は来なかった。

それから数日経って団地の友人のところへ遊びに行った吉田は葬式の案内を見つけた。

張り紙を見ていると友人が声を掛けてきた。

「ああこれな、この前公園に来てた夫婦いたろ、あの二人死んだんだよ」

「えっ!?　夫婦が、あの謝ってた男じゃないのか？」

友人の言葉に驚いて大声で聞き返した。

「なんだよ急にビビるじゃんか。死んだのは夫婦だけだぜ？　なんでも事故か自殺らしい。詳しく知らないけど、カレーか何かに毒が入ってたって聞いたぞ」

怪訝な表情で答える友人の話に吉田の顔色がみるみる変わっていく。

「毒って夾竹桃か！」

「なっなんだよ、キョウチクトウってなんだよ、何の毒かなんて知ってるわけないだろ！」

友人は怪訝な表情のまま吉田の腕を面倒臭そうに振り払って歩き出す。


『ボク一人じゃ寂しいの、でもお母さんやお父さんと一緒なら寂しくないよね、手伝ってくれないなら……』

あの夜、男の子の不気味な笑い声に紛れて聞き取り辛かった声が脳内でクリアに再生された。

「あいつ、殺した叔父じゃなくて自分の両親を一緒に連れて行ったんだ……」

吉田は真っ青な顔で呟くと慌てて友人の後を追った。

友人の部屋の前で追いつくと、気分が悪いと告げて家に帰ることにした。

帰り道に寄ってみると、公園を囲むように植えられている夾竹桃の下に、何枚もの毟り取ったような葉が散らばっていた。

「……やっぱり」

一人震える声で呟いた。

この一件以来、吉田は責任を感じて家に引きこもるようになり、学校へも行かなくなった。幻覚を見るのが怖くなったのである。

最後にこの病院、磯山病院へと来ることになった出来事を哲也に話してくれた。

一年前の出来事なのに、先に話した二つの話よりもさらに遠い目をして吉田徹が口を開いた。

「バケモノが……あいつら俺だけじゃなくて父さんと母さんまで襲うようになったんだ。だから、だからこの毛布で守ってやらなきゃ……俺しか見えないから俺が守ってやらなきゃ……」

ボロボロの毛布をしっかりと抱きながら虚ろな目をして吉田は話し出した。

吉田が引きこもって六年ほど経った頃のことである。中学にも高校にも行かずに二十歳になっていた。

引きこもるようになってから幻覚はほとんど見なくなった。出掛けることもなく、部屋になら手の届く範囲に祖母の毛布があったからである。

初めの三年ほどは心配していた両親も、しだいに扱いが悪くなってきた。

その頃からまた幻覚を見るようになったのだという。初めは夜寝ていると枕元に黒い影が立つのが見えるくらいであった。吃驚《びっくり》はしたが毛布があったので怖くはなかった。影も立っているだけで何もしてこない。

次に影は部屋の中をグルグルと歩き回るようになる。まるで何かを探しているようだが何もしてはこない。金縛りにあい、身動きができないだけである。丸めた毛布を抱いて寝ているから何もできないのだろう、そう思った吉田はその影にもしだいに慣れていった。

その頃の吉田は何もしてこない影よりも両親の方が怖かった。ずっと部屋に引きこもっている吉田のところへ時々顔を出してはこう言った。

「学校へ行けとは言わないけど、そろそろアルバイトでもして世間に出てみたらどうなの？　母さんこのままじゃ心配で仕方ないの、ずっと部屋に居て何になるの？　聞いているの？」

「人と会うのが嫌なら朝の新聞配達でもしたらどうだ。お前このままじゃダメになるぞ、父さんの知り合いの工場で働く気はないか？　ダメならダメでいいから一度行ってみろ」

心配そうな表情の母親、心配の中に怒りも見せる父親、二人が代わる代わる吉田を責めたてる。

「嫌だ。お化けが居るんだよ、俺には見えるんだよ、怖いんだよ。あんたら見えないやつには分からないんだよ、ほっといてくれよ」

ベッドに丸まりながら何度も同じセリフを繰り返す。

その頃から影が変わってきた。ぼんやりとした影がはっきりと形を成してきたのである。

初めは後ろが透けて見えるくらいだったのが、墨のように真っ黒になり今にも掴めそうな実体として存在するようになった。だが相変わらず吉田に危害を加える様子はなかった。

ある晩、金縛りが緩いのを感じた吉田が影に話し掛けた。

「お前は何者なんだ？　俺に何の用がある。何もないなら消えろ、二度と来るな、消えろ。わしゃなもできん、つくなわやなく、ほかつけ、おまとかんあるほかつけ」

吉田は強い口調で言うと続けて呪文を唱えた。祖母の毛布があると怖くはなかった。

真っ黒な影が目もないのに吉田を見つめ、口もないのに口を開いたような気がした。


『おまとかんあるからきた。おまにつく、おまがよんだ、ブフフッ』


くぐもった聞き辛い声でモゴモゴと黒い影が言った。

初め何を言っているのか分からなかったが、何度かやり取りして意味が分かると、吉田はそのまま気絶した。


それから半年ほどして、初めは口だけだった両親がついに実力行使に出た。

吉田を病院に連れて行ったのである。もちろん心の病を見てくれる精神科と心療内科の病院だ。

診断結果はよく聞く統合失調症である。入院するほどでもないと、軽い鬱に効く薬を処方された。両親は薬の効果が出るのを待っているのか暫くは何も言わなくなった。

吉田は通院を続けたが、一向に良くなる気配はなかった。それどころか益々おかしくなっていった。黒い影が夜寝ている時だけではなく、昼間にも出てくるようになったのである。

『おまがよんだ、おまについた。かんけあるからおまにつく』

影はハッキリと人形《ひとがた》になり、穴のような白い目で吉田を見つめ、赤い口を大きくへの字に曲げてニヘラと笑った。

黒い影はどこにでも現れた。台所や居間はもちろん、トイレにも風呂場にもだ。

吉田には何もしなかったが、両親が居るところに現れると、大きな口を開けて頭から齧りつく素振りを見せた。吉田はその度に毛布を持ってきて黒い影を毛布で殴りつけた。そうすると影は消えるのである。影は必ず消える時に吉田を見つめてニヘラと嫌な笑いをした。

その頃から両親がまた働けなどと口煩《うるさ》く言うようになってきていた。

そして事件が起こった。


その日も食事が終わった後で両親が揃って、働くか職業訓練所にでも行くかどちらかにしろなど口煩く言い始めた。

吉田が誤魔化すように生返事を繰り返していると、両親が座っているソファーの後ろ、壁から吹き出すようにして黒い影が現れた。濛々《もうもう》と現れた影が大人の背丈ほどになっていく。

影は母の後ろに立つと大きく口を広げてその頭に齧りついた。振りではなく本当に齧りついたのである。

額半分まで影の口に齧られても母は何一つ感じていない様子だ。あまりに口煩く言われて腹の立った吉田はそのまま影を放っておいた。

暫くして母が突然鼻血を出した。のぼせたのだろうと父がティシュペーパーを渡す。影は母から離れ父の頭に齧りついた。暫くして父も鼻血を出した。

影のせいだ。影が父さんと母さんに何かをしたんだ……。吉田は慌てて自分の部屋から毛布を持ってくると父と母を庇うように無茶苦茶に振り回して黒い影を追い払った。

だが、いつもは直ぐに消える影が今日はなかなか消えない。それどころか両親の頭と言わず腕や足など体のいたるところに齧りつく。半狂乱で毛布を振り回す吉田を今度は両親が取り押さえようと追う。吉田は丸めた毛布を広げると頭から母に被せた。

毛布の中で暴れる母を押さえ付けながら、吉田が引き攣った笑みを浮かべて叫んだ。

「影が、黒い影のバケモノが……！　俺が守るからね、大丈夫だよ母さん」

毛布の上から母に馬乗りになっている吉田を父親が慌てて引き離そうとするが、力は吉田の方が強かった。

毛布の中でもがいていた母の動きが止まる。

影が母から離れていく。吉田が安心して顔を上げると、影が父の頭に齧りついていた。引き攣った笑みを貼り付けた顔で吉田は飛び跳ねるように立ち上がると、父にも毛布を被せて母と同じように馬乗りになり押さえ付けた。

「大丈夫だよ父さん、影のバケモノなんかこの毛布があれば怖くないからね。俺が守ってやるから、父さんにも母さんにも手出しさせないからね、ふひひひっ」

暫く暴れていた父が毛布の下で動かなくなった。

黒い影が傍に立って吉田を見下ろしている。顔を上げると影と目があった。引き攣った笑みを浮かべる吉田の前で黒い影もニヘラと笑うと薄くなっていく。消えたのではない、影の居た所に人が立っていた。

「うぅっ!!」

吉田が唸るような悲鳴を上げた。

自分が立っていた。影が薄くなりその中から自分が、吉田徹が現れたのである。

『おまがころした。おまがやった。おまがわるい、おまがよんだ、ひひひひっ』

もう一人の自分、影の吉田徹は顔面蒼白になっていく吉田を見て、嘲笑うかのように不気味な笑みを見せるとフッと消えた。

騒ぎに気付いた隣人が通報する。

ほどなくして警察がやって来て、放心したように座り込んでいる吉田と既に息絶えた両親を見つけた。


「俺じゃない、あいつがやったんだ。黒い影が俺に化けて父さんたちを襲ったんだ」


譫言《うわごと》のように何度も呟く吉田の手には、しっかりと毛布が握り締められていた。

精神鑑定の結果、吉田は罪を問えないとして近くの病院へと措置入院させられた。その後、見舞いにやって来た親戚から、もっと良い病院を知っていると勧められて磯山病院へと転院してきたのだ。


以上が哲也に話してくれた吉田徹さんが体験した出来事である。


話を現在に戻そう。近ごろ吉田の様子がおかしい。

警備のバイトをしている哲也にも、先生から注意をするようにとの申し送りがあった。

確かに何度か錯乱した吉田を見ることがあった。

「うわぁ、うわぁあぁ、来るな、お前は母さんじゃない、父さんじゃない、バケモノだ、俺を殺すつもりだ。毛布がぁ、毛布が効かない、何でだよ、何でだよ、うわぁあぁ、わしゃなもできん、つくなわやなく、ほかつけ、おまとかんあるほかつけ」

錯乱した吉田が毛布を振り回し叫び声を上げながら廊下を走ってきた。

取り押さえるために哲也は慌てて駆けつけた。近くに居た看護師たち数名とともに吉田を取り押さえる。

哲也の顔を見て安心したのか、吉田はおとなしくなると口を開いた。

「一週間前からまた影が出たんだ。二つだ、二人だ。初めは真っ黒だったのが少し前から母さんと父さんに化けたんだ。バケモノだ。母さんと父さんに化けたバケモノが俺を殺そうとするんだ。首を絞めに来るんだ。毛布も呪文も効かない、消えないんだ。逃げなきゃ、ここから逃げなきゃ殺される。父さんと母さんを殺したみたいに俺も殺されるんだ」

哲也の両肩を掴みながら話す吉田の目は真剣だが、その口元には引き攣った笑みが浮かんでいた。

看護師に連れられて部屋へと戻る吉田に哲也もついていく。

部屋に戻ると吉田は落ち着いた声で話してくれた。

曰く、一週間ほど前から黒い影が二つ、部屋の中をぐるぐる回るようになった。吉田を見つけると真っ赤な口を横に伸ばして楽しげな薄ら笑いを浮かべる。吉田は毛布に包まり呪文を唱えた。

「わしゃなもできん、つくなわやなく、ほかつけ、おまとかんあるほかつけ」

呪文を唱えると影は目を吊り上げ、口を裂けるほどに開けてこう言う、

『おまがやった。おまがころした。おまとかんあるからおまにつく、おまもしね』

くぐもった声で呟きながら二つの黒い影が交互に首を絞めに来る。

その黒い影が少し前から父と母に化けたのだという、両親の姿をしたバケモノが恨みのこもった目をして毎晩交互に首を絞めに来る。吉田は憔悴した顔で話すと引き攣った笑いを見せた。


吉田が両親を殺してから丁度一年、罪の意識から幻覚を見るのだろうと先生が言った。

果たして全て幻覚だったのか。全てじゃないとすればどれが幻覚なのだろうか。哲也には分からない、吉田自身も分からないのではないだろうか。

哲也が見た、吉田の祖母が作った二枚重ねの安心毛布、ボロボロになったその隙間から布切れが見えた。その布に書かれていた呪いという字と梵字のような文字。

吉田の祖母が言っていた呪文の意味。

「わしゃなもできん、つくなわやなく、ほかつけ、おまとかんあるほかつけ」

とは、

「私は何もできん、憑くなら私じゃなく他に憑け、お前と関係ある他に憑け」

という事だろう。

ならば自分で殺した両親は関係がある。だから祓えなかったのではないだろうか。もしかすると、吉田の祖母は呪いの力、呪術によって霊たちから吉田を守ろうとしたのかもしれない。だとすると吉田は精神を病んだ病気なのだろうか、そうではなく本当に……。

病状が悪化して隔離病棟へと移されて行く吉田徹を見送りながら哲也は思った。

第二話　子供

先日、磯山病院に入ってきた老人がいる。

久保田幸義《くぼたゆきよし》さんだ。

七十三歳だが足腰も丈夫で矍鑠《かくしゃく》としていて、実に達者な老人である。では何故この磯山病院へ入ってきたのか、本人に聞くのは気が引けたので哲也は担当医に聞いてみた。

先生曰く自傷行為をするのだという。以前は老人ホームに居たのだが、そこで手におえないので親族に磯山病院へ入ることを勧められたそうだ。

心療内科・精神科の病院ということで本人が嫌がるかと思ったが、わりとすんなり受け入れたらしい。

自傷行為に興味を持った哲也は具体的に何をするのか先生に訊ねてみた。

「噛むんだよ」

「噛むって、こうやって噛むんですか」

先生の前で哲也が自分の右腕に噛み付く振りをする。

「そうなんだ。本人は子供が噛むと言っているんだがね」

「子供が噛み付くんですか？　何で？」

「さあ……。自分で噛んでるんだが、本人は子供が三人くらい纏わり付いて噛んでくると言い張ってね。神経がやられて幻覚を見ているのか、老人ホームに入れられて寂しくて構って欲しくてやっているのか、どちらにしても心の病だよ」

先生はそう言うと机に向き直り、忙しそうに書類に目を通し始めた。その背がこれ以上この質問には構っていられないと言っている。

久保田老人に興味を持った哲也は直接話を聞くことにした。


話し掛けるタイミングを見計らって久保田を観察していると、廊下でいきなりしゃがみ込んで自分の右脛に口を付け始めた。

近くにいた看護師が駆け寄るのを哲也は呆然と見ていた。


哲也は見た。

久保田老人がしゃがみ込む直前、その足元に靄のように揺らいだ影が纏わり付くのが見えたのである。

廊下を眩い光が射している。哲也は自然と窓を見た。光の屈折が影に見えたのだろう、気を取り直すと久保田老人のもとへと駆けつけた。

「噛まれたんよ、ガキが噛みつきおったんよ、はよう唾を付けやんと腫れて痛くなるんよ、ええぃ邪魔するでない、唾を付けんといかん！」

押さえ付ける看護師の腕の中で久保田老人が暴れている。その右脛に小さいがはっきりと歯形が付いていた。

「まあまあ看護師さん、ここは僕に任せてください、僕が薬を塗ってあげますよ」

哲也は話を聞くチャンスだと思い、押さえ付けて薬を塗ろうとしている看護師をどかせて久保田老人の好きにさせてやった。

久保田老人は体を丸めて脛に口をつけて舐めるように唾を塗っている。唾液でベチャベチャになった老人の足に哲也は躊躇なく軟膏を塗りつけた。話を聞くためである。これくらいは何ともない。久保田老人がじっと哲也を見つめていた。

「久保田さん大変ですね、何でこんなことになったんです？　僕は信じますよ、だってこの歯形は大人の歯じゃないですからね……。よかったら話を聞かせてくれませんか？」

「いいじゃろ、わいの部屋へ来い。ここじゃ話せん、長くなるからよぅ」

信用してくれたのか久保田老人は哲也の肩をポンポン叩きながらそう言って頷いた。

ここからは久保田老人から聞いた話である。久保田がまだ六十代の頃の出来事だ。

和歌山県の山間部、それほど大きな山ではないが、連なる山々に囲まれた山里という言葉がぴったりな田舎に久保田は住んでいた。

春半ば、ぽかぽかと暖かくなってきた頃、久保田は山菜採りに山へ入った。

その年は仕事が忙しく、山に入るのが遅れた。近場は既に他の人に採られており、仕方なく山奥深くへ行くことにした。

「そんなにみんな山菜を採るんですか？」

「近くの山にもまだあったんよ、やけん、それは来年の分よ、田舎のもんは根こそぎ取ったりはせん、山に感謝して少しだけ貰うんやっしょ」

山菜という言葉が出てきた時に久保田があまりにも楽しそうな顔になったので、哲也はつい話の腰を折って聞いてしまった。

だが、逆にそれがよかったらしい、それまで少し疑うような感じだったのが、笑みを湛える優しい表情に変わったのだ。哲也が本当に興味を持って聞いているのだと分かってくれたようである。

「それでよぅ、いつもは入らん山ん奥へ入ったんよ」

久保田老人はしっかりとした口調で続きを語り始めた。

山奥へは普段、滅多に人が入らない、時折猟師が獲物を求めて入るくらいである。そんなに大きな山々ではないが、さすがに奥に入ると細い獣道だけとなり、ゴツゴツした岩肌や険しい斜面があちこちにあった。

「おうおう、ようさんあるのぅ、こりゃ、わいんとこだけや多すぎる、近所におすそ分けやのぅ」

人が来ないだけはある。あちらこちらにある山菜を採りながら久保田は草を掻き分けるようにして歩いた。

時折、太陽の位置と遠くに見える他の山などを見渡して自分の位置を確認しながら、慎重に足を進める。

山奥と言っても勝手知ったる自分の生まれ故郷である。それに若い頃には何度も分け入ったことがある、迷うはずなどない。それが油断に繋がったのかもしれない、若い頃とは体力が違うのである。

「ほう、ありゃ岩茸や、あそこなら届くな、よっしゃあれも持って帰っちゃる」

岩場に岩茸を見つけて若い頃に来たことがある場所から少し離れた所まで足を延ばす。上物の岩茸を手に入れて上機嫌で岩場の近くで少し遅い昼食を取ることにした。

「んっんじゃ？　祠け？　こん山奥に誰が作ったんやしょ？　山ん神様でも祀ったんか」

弁当を食べる場所を探して辺りを見回した久保田の目に、崩れかけた小さな石造りの祠が目に留まった。

久保田は祠の近くにあった岩に腰を掛けて弁当を広げた。

「なに祀ってっか知らんがこれも何かの縁よ」

久保田はワンカップの酒をコップになみなみと注ぎ、四分の一ほど残った酒を持っていた飴玉や煎餅など菓子一掴みとともに祠に供えた。

「あぁぁ生き返る。山ん中で食う飯は旨いんよ」

弁当をつつきながら上機嫌でコップの酒をあおいだ。


『ゲッゲッゲッゲッゲッ』

遠くで何かの鳴き声が聞こえる。

半分くらい弁当を食べたころ、近くの木々の間を小さな影がいくつも動き回るのが見えた。

「サルかイタチか、おまんらにやる飯はないぞ、欲しけりゃ祠に供えたもん貰って食え」

腰に携えた鉈《なた》を抜いて、辺りに見えるように大きく振り回しながら大声を上げると、影が動き回るのを止めた。だが消えたわけではない、弁当を食べ終わるまで何者かの視線を感じた。じっと観察するような視線である。

慌てると逆にダメだと思った久保田はタバコを取り出して一服する。

「空気が旨いとタバコもうんまいんよ」

二本目のタバコに火を点ける頃には何者かの気配もなくなっていた。

「山菜もぎょうさん貰うたし、このへんで帰った方がええの」

辺りを片付け、籠を背負って立ち上がった久保田を立ち眩みが襲った。

頭の中がフラフラして平衡感覚を失ったようにふらついて歩けない。久保田は暫く安静にしようと岩陰まで這うようにして行き横になった。


目を覚ますと辺りは薄暗い、いつの間にか眠ってしまったらしい。腕時計を見ると五時を指していた。

山の日暮れは早い、久保田は慌てて起き上がると籠を担いだ。

急いで山を下り始める。若い頃に来た見覚えのある獣道まで来るとほっと息をついた。

『ゲッゲッゲッ、ゲーッゲゲッ』

草を掻き分ける音と何かの鳴き声が聞こえる。

昼間の影を思い出した。辺りを警戒しながら腰の鉈を抜くと、それで草を掻き分けて歩き出す。自然と早足になっていた。

『ゲッゲッ、ゲーッゲッゲッゲーッゲッゲッゲッ』

鳴き声が追ってくる。久保田は何も気付かぬ素振りで歩き続けた。

暫く歩いて少し開けた所に出る。

「んじゃこれは！　何がどうなっちゃる。道間違えたんか？」

思わず大声を上げた。

そこには見たことのある岩と祠があった。

確かに昼間来た場所だ。祠に久保田が供えたワンカップの酒と煎餅や飴玉が置いてある。

「タヌキか、キツネか、わいは騙せやんぞ」

久保田は岩に腰を据えるとタバコを一服し始めた。

昔からタヌキやキツネに化かされた時はタバコを一服するのが良いと言われている。

二本目を吸い終わる頃には追いかけて来ていた気配は消えていた。

時計を見ると五時半、辺りはかなり暗くなってきている。用心しながら久保田は歩き出した。

十五分くらい歩いて気が付くとまた祠の前に来ていた。

「こりゃいかん！　何が欲しい、食いもんけ？　んなら少し分けちゃぁあ。やから悪さすんな、わいは帰りたいんよ、食いもんやるちゃ、帰してくれ」

久保田は辺りに聞こえるように大声で言うと、余分に持ってきていたおにぎりと一緒に煎餅や飴玉などの菓子半分を岩の上に置いてまた歩き出した。

暫く歩き獣道から見下ろすと、村へと繋がる小さな道が見える。久保田はほっと安堵して背の高さほどもある草を掻き分けて下の道へと向かった。

草を掻き分け少し歩くと開けた場所に出た。しかしそこは村へと続く道ではない、目の前に祠があった。

「うぅっ、いかん……いけんよ……」

久保田は息を呑んで近くの岩へと腰をかけた。

何かが自分を引き止めている。


急に出てきた雲が月を隠す。

辺りは真っ暗だ。自分の位置を確認する山々も見えない。

久保田は歩き回るのは危険だと判断してその場で一夜を明かすことにした。

幸い食料と水も充分ある。

季節は春、山の夜は少し寒いが持ってきた雨具を着込めばどうにか凌げた。ただ気になるのは自分を追い掛け回していた小さな影である。

サルかタヌキかキツネか知らんが用心にこしたことはない。横になるのは止めて岩を背にして座ったまま眠ることにした。

腰に付けていた鉈を外し、抱きかかえるようにして休んでいたが、歩き回ったからか直ぐにうつらうつらと眠りに入った。


『ゲッゲッゲッ、ゲーッ、ゲーッゲッゲッゲッ』

うつらうつらしていた久保田は物音で目を覚ました。

近くの草むらから、ガサガサと草木が擦れる音とあの鳴き声が聞こえた。

あいつらや、近くまで来ちょる……。

久保田は胡坐をかいた足の上に落としていた鉈を拾うと、いつでも抜けるようにしっかりと柄を掴んだ。

月は出ていても木々が邪魔をして、真っ暗ではないが五メートルも離れると何も見えない。久保田は思い出したようにタバコを取り出すと一本吸い始めた。

先程までガサゴソ動いていたやつらの気配が止まった。

じっと様子を窺っているのが分かる。

やはりタバコが苦手らしい。できるだけ長くもつようにゆっくりと吸いながら目を凝らして辺りを見回す。

いた！　闇の中に幾つもの光る目がじっと久保田を見つめている。

もう一本タバコに火を点けると落ち着いてその目を数え始めた。

一つ、二つ……六つ…………。小さな赤い光が二対、それが十八いた。

強い風が吹いて木々が大きく揺れる。揺れた木々の間から月明かりが射し、その影を照らした。

「ううぅーっ、なんじゃあれは⁉」

久保田が小さな呻きを洩らす。

月明かりに照らされたそれはタヌキやキツネではなかった。サルに近い、しかし久保田にはそれが人間の子供に見えた。ボロを纏った幼児の姿に……。

風が止み、月が隠れてまた暗くなった。赤く光る目が少しずつ此方へとやってくる。

久保田は鉈を抜いて握り直した。

『腹減った。おら腹減ったぞ、食いもんおくれ、食いもんおくれ。腹減った、腹減ったぞ』

久保田の正面、三メートルほど前でそれが喋った。

口調は幼いが、その声色はオウム鳥が人の口真似をしているかのようである。

その声を合図に他の影も一斉に喋りだす。

『腹減った。食いもんおくれ腹減った。食いもんおくれ、腹減った。食いもん……』

同じ声、同じ口調で壊れた機械のように繰り返す。

「分かった食いもんはやる。ほやさけ食うたら向こうへ行け、わいの前から消えろ、いいな、しやんと食いもんやらんぞ、ええな、貰うたら向こうへ行け！　約束やぞ」

少し震える大声を出すと影たちの声が止んだ。
声が止まったのは此方の約束を聞き入れたからだと久保田は判断した。
余分に持ってきていたおにぎりの残り半分と菓子。
それだけでは足りないと思い、ポケットに入れていた飴玉も全て出して少し離れた岩の上に置いた。

「わいが持ってる食いもんはこれで全部や、ええか、もうないぞ、全部くれてやるから貰ったら帰れ、消えろよ、約束やぞ、ええな、約束や」

影が岩に群がり、食べ物を貪り食う音が聞こえた。

木々の間から時々射す月明かりの中で確かめるように見るとやはりサルではない、どう見ても人間の子供である。

服には見えない布切れや獣の皮を腰に巻き付け、ガリガリに痩せこけた幼児たちが食べ物を貪り食っていた。

肌寒い山の夜、久保田の全身から嫌な汗が噴き出す。タバコを吸おうと、震える指でポケットから取り出した。残り五本あった。


火は点けずに一本咥えたまま残りをポケットに戻すと汗を拭いて鉈を握り直す。

このガキどもタバコは苦手や、タバコがある間は大丈夫や、食ったら帰ってくれればいいが、こいつらに約束が通じるかどうか……。

右手で鉈を握り、いつでも火が点けられるように左手にライターを持ったまま、目の前の子供らを睨みつけた。


『ゲーッ、ゲッゲッ、ゲーッゲッゲゲッ』


その時、不意に右の藪がざわざわと揺れて、ボロを纏った幼児のバケモノが三匹出てきた。

目の前の十八匹とは別らしい、三匹のバケモノは久保田を見つけると近寄ってきた。

『腹減った。食いもんおくれ腹減った。食いもんおくれ、おらたちにも食いもんおくれ。おらたち貰ってない、食いもん貰ってない。食いもん、食いもん、おらたちもおくれ』

骨に皮を張り付けた、棒切れのようにガリガリの腕を前に突き出し、久保田に近付いてくる。

「おうぅ！」

間近に見た久保田が息を呑んで呻きを上げる。
鎖骨や肋骨がくっきりと浮かんだ痩せ細った体、その腹だけが水の入った風船のように膨らんでいる。血色のない土気色の肌、かさかさに乾いた唇から垂れる黄色い涎。落ち窪んだ眼孔の中から赤黒い目玉がギョロリと久保田を見ていた。

『食いもんおくれ、おらたちにも食いもんおくれ、食いもん、食いもん……』

三匹が壊れた機械のように繰り返す。
久保田は必死にポケットを探るが、もう飴玉一つない。
風が吹く。木々が揺れ月明かりが射す。明かりの中に小さな祠が見えた。

「分かった。お前らにもやる。やから貰うたら帰れ、消えろよ、約束やぞ」

祠に供えた菓子を思い出しバケモノに言うとゆっくりと歩き出した。

祠の前で久保田の動きが止まる。供えた菓子が食い散らかされてなくなっていた。

『食いもん、食いもん、食いもんおくれ。おらたちに食いもんおくれ、約束じゃぞ。食いもん、食いもんおくれ、食いもんクレ、約束じゃぞ。食いもんクレ、食いもんクレ』

後ろで三匹がオウムのような声で繰り返す。

久保田の背を冷たい汗が流れていく、意を決して振り返った久保田は見た。一匹の口元に菓子の破片がこびり付いているのを。

こいつらが食ったんや、供えたもん食ってて……やから他のやつらより来るのが遅かったんや、何が貰ってないちゃあ、くそっ、どうするかの……。鉈を握り締めながら久保田は考えた。

咥えていたタバコに火を点けて深く吸うとバケモノに煙を吹き付けるように吐き出す。

直ぐ後ろに居た三匹のバケモノが逃げるように下がって久保田を睨みつける。

「食い物はのうなった。食いもんはもうない、ここにあったんや、それをお前らが食うた。諦めて帰れ、お前らはもう食うたんや、帰れ消えろ」

久保田は三匹のバケモノの前で威嚇するように鉈を振り回した。

『食いもんクレ、食いもんクレ、約束じゃぞ、約束じゃ。食いもんないなら主を食う、腹減ったから主を食う、約束じゃ食いもんクレ、ないなら主を食うぞ、約束じゃぞ』

タバコの煙が怖いのか三匹は遠回しに見ながら繰り返し奇妙な声で言った。

『ゲッゲッ、ゲーッゲッゲッゲッ』

岩場にいた十八匹も辺りの木々の間から様子を窺っている。

『食いもんクレ、食いもんクレ、約束じゃぞ、ないなら主を食う、腹減ったから主を食う』

タバコの火が消えそうになり三匹が近付いてきた。

周りの十八匹は動かない。声も出さない。どうやら約束を守るらしい、三匹だけならどうにかなる。久保田はひとまず安心した。

「明日や、明日持ってくる。明日食い物をようさん持ってくる。やから今日は見逃してくれ、約束する。今日やったよりようさん持ってくるけ……」

タバコの火が消えた。

慌ててもう一本出して火を点けようとした。その背にバケモノが飛び掛かる。反動で久保田がライターを落とす。

鉈を振り回しながらライターを拾おうとしたその刃に一匹が当たった。

バケモノがギャっと鳴いた。

その声でそれまで見ていただけの辺りにいた十八匹が動いた。一斉に飛び掛かってくる。鉈を振り回し何匹か仕留めたが、数が多い。

「がっ！　あぁぁ、ぐうぅ……」

腕を噛まれ、たまらず鉈を落とした。

手足だけでなく胴体まで噛まれた久保田は、とうとうその場に倒れ込んだ。馬乗りになったバケモノが首筋に齧り付く、あまりの激痛に気が遠くなった……。

目を覚ますと朝になっていた。

「夢やないなぁ、いてっ、痛ててて!」

体の彼方此方が痛い。上半身を起こして見回すと、腕にも足にも小さな歯形がたくさん付いていた。腹や背、顔の痛みからして、そこにも歯形が付いているのだろう。

地面には小さな足跡が多数残され、岩場には食い散らかした菓子の包みが散乱していた。落ちている鉈を拾うと、刃に黄色く濁った体液のようなものがこびり付いていた。辺りをよく見ると、黄色い体液が点々と山の木々の中へと続いていた。

噛まれたところが腫れて痛いが、薬もないので気休めに唾を付けると痛みが消えた。

久保田はお茶を飲んで口を湿らせ唾を出すと、体中の歯形に己の唾液を塗りたくった。唾を付けると痛みが引いていく。むしろ気持ちがいい。赤黒く腫れて熱を持っていたのも治まった。

立って体が大丈夫なのを確かめると、山菜の入った籠を担いで逃げるように山を下りた。昨日散々迷った道が今日は一度も迷わず、あっさりと見知った道へと出た。

「あのガキら、なんやったんやろう……」

村の細い道から山奥へ続く獣道を振り返って呟いた。

「あぁぁ、昨日は散々な目にあったわい、やけど滅多にできん経験やっしょ」

一人暮らしの自宅に戻った久保田は、生きて帰れた幸せを噛み締めると、その日は少しばかり豪勢な食事をとり、風呂に入ってゆっくりと眠りについた。

だが怪異はこれで終わったわけではなかった。

『ゲッゲッゲッ、ゲーッーゲーッ、ゲッゲッゲッゲッ、ゲーッゲッゲッ』

夜中、久保田は物音に目を覚ました。布団の周りに何かがいる。

あいつらや、あのガキどもがついてきたんや……。目を凝らして部屋を見回すと、小さな影が三匹、布団の周囲を飛び跳ねるように動いていた。

「なんやお前ら、まだわいに何か用か、ここはわいの家や、山ん中と違うぞ、さっさと帰れ、帰らんと叩き殺すぞ」

ガバッと起き上がるとバケモノどもを叩き付けるように枕を振り回した。

三匹の化け物が久保田に飛び掛かり噛み付く、五分か十分か、いや一分も経っていないのかもしれない。久保田に噛み付きたおすと、バケモノたちは掻き消すように消えた。

それからバケモノは朝となく夜となく、いつでも現れるようになった。

不思議なことにその姿は他人には見えない。久保田だけに見えるのだ。どんなに追い払っても消えてくれないが、久保田に噛み付くと消えていった。

噛まれると歯形が残り、酷く痛い。薬を塗っても痛みは消えないが、唾液を塗るとスーっと痛みが引く、だから久保田は噛まれると直ぐに唾を塗るようになった。それが他人には自分自身を噛んでいるように見えるのである。

これが久保田幸義さんから聞いた話だ。

「山ん中にはいろんなもんがおるんや」

眉間に皺を寄せ、真剣な表情でそう言った久保田の左の首筋に小さな歯形が付いていた。

「さぁさぁ、話はそれくらいにして、お食事ですよ」

看護師が部屋に入って来て話はそれで終わりとなる。

「その子供は何だったんでしょうね、山の中で死んだ子供なんでしょうか？」

部屋を出る直前、哲也は思いついたように聞いてみた。

「ありゃあ、子供やない、ガキだ。わいなりにいろいろ調べたんや、ありゃあ、餓鬼にちがいねぇ、鬼や、餓えた鬼と書く餓鬼や、やから食いもんを欲しがったんや」

畏怖と嫌悪が混じったような表情で久保田老人が答えた。

「餓鬼ですか」

「そうや、餓鬼や、あいつら、わいの魂を食らおうと狙っとるんや、今まではどうにか追っ払ったが、わいも、もう歳や、いつまでもつか……」

久保田は一言も子供などと言ってはいない、ガキと言っていた。それを先生たちは子供のガキだと思ったのだろう。哲也はペコッと頭を下げると部屋を後にした。


数日後、久保田の懸念が現実のものとなる。

深夜巡回していた看護師が、階段の踊り場で倒れて冷たくなっている久保田を発見した。

警備員の哲也もすぐに駆けつけて久保田を病室へ運ぶ手伝いをする。

久保田の診断結果は、階段から落ちた時の打撲による脳挫傷ということで片付けられた。

死亡原因は確かに脳挫傷だろう。だがどうして階段から落ちたのだろう。足腰が丈夫で運動神経もいい久保田が、なぜ深夜にスリッパも履かずに裸足で歩き回っていたのか？　久保田の部屋はエレベーターの近くである。なぜ階段まで行ったのか？　まるで何かから逃げていたようではないか……。

久保田を病室へ運んだ後、先生が診るので哲也がシャツを脱がした。

上半身裸になった久保田を見て先生の動きが止まった。

その視線を追うと、久保田の背中の中央に小さな歯形があった。

まるで背中に吸い付いて噛んだような歯型が一つ、くっきりと付いていた。

哲也の視線に気付いた先生は何事もなかった顔をして、久保田をベッドに仰向けになるように寝かせなさいと指示を出す。指示通りに寝かせた後、哲也は直ちに病室から追い出された。

久保田さんはただの事故なのだろうか？

それとも餓鬼に連れて行かれたのだろうか？

哲也には分からない。ただ久保田の背中の歯形を見た時の先生の顔。息を詰まらせた一瞬の表情を哲也は忘れることはないだろう。どんなに体が柔らかい人でも自分で背中を噛むことなど絶対に不可能なのだから……。

では何が噛んだのだろうか？

靄のように揺らいだ影が久保田の足に纏わり付いていたのを思い出した。

あれは見間違いではなかったのだろうか。光の屈折ではなかったのだろうか。いくら考えても哲也には答えが出せなかった。

第三話　袋

ある日、哲也が施設内の購買でパンを買って廊下を歩いていたら前から来た女性患者に袋ごと奪われて滅茶苦茶にされた。

「見るな！　見るな見るな見るな、覗くな、そこから覗いてるぞ、見てるぞ、見てる！」

女は悲鳴に近い金切り声を上げながら、袋をその場でビリビリに破いた。

廊下に散らばるビニール袋の切れ端とパン、哲也が買ったパンを踏み付けながら彼女は袋を破り続ける。

袋は紙吹雪くらいの大きさまで粉々にされた。

「ちょっ、ちょっと何するんですか、止めてください、ちょっと……」

彼女の鬼気迫る形相に哲也はそう言うだけで精一杯だった。

彼女は前田恭子《まえだきょうこ》、二十歳だ。

半年ほど前にここ、磯山病院に入った患者である。

症状は統合失調症と気分障害の併発。袋の中から何かが出てくる幻覚を見るというのだ。それで袋を異常に嫌って怖がり、見つけると何かが出てくる前に破り捨てるらしい。

「それは災難だったね。あっそうだ、先日、ちょうどその前田さんのご両親から饅頭を貰っていたから……うん、三分の一ほど残っているよ。パンの代わりと言っちゃ何だが、これで勘弁してやってよ」

先生は苦笑いをしながら饅頭を箱ごと渡してきた。いかにも高そうなそれを哲也はありがたく受け取った。

「そういう事情なら仕方ないですね、ぼーっとしてた僕も悪いですし。それに踏み潰されたパンは一つだけですから。でも遠目で何度か彼女を見ましたけど、あんなに酷かったですか？」

「そうなんだ。入院してからみるみる病状が良くなってきて、本当なら後一ヶ月で退院予定だったんだよ、袋を見ても怖がらなくなったし、薬の量も減らして通院に切り替えるはずだったんだが、それがここ二週間くらいから急におかしくなってきてね、また袋を見ると執拗に破り捨てるようになったんだ。退院予定も延期だよ」

先生が詳しく患者の病状を教えてくれることは滅多にない、今回は哲也が被害者だから特別に教えてくれたのだ。

「そう言えば一ヶ月くらい前に廊下ですれ違った時には彼女が自分でビニール袋を提げてましたよ。その時は何にもなかったですね、看護師さんと仲良く話をしてましたよ。正直綺麗な人なんで気になって見てたんです。それがあんなふうになるなんて……」

「まあ精神疾患にはいろいろあるからね、でも何かきっかけがあるはずなんだよ、特に恐怖症なんかは何かスイッチがあるものなんだ。それが今回何なのか分からないんだよ。彼女も袋さえなければ普通に会話もできるし、振る舞いに何も変なところはないんだ。私もいろいろ見てきたけど、こんなケースは稀だね。まあ君も何か気が付いたことがあったら教えてくれよ」

先生は険しい表情のまま言うと、哲也の背をポンポンと叩いた。これで話は終わりだという、先生のいつもの合図である。

哲也は一礼して部屋を後にした。

彼女に興味を持った哲也は、直接話を聞こうと機会が来るのを待っていた。

それは意外と早く来た。看護師さんだ。

彼女と親しくしていた看護師は杉山《すぎやま》拓哉《たくや》という新人で、哲也がいろいろ教えてあげていたのだった。彼を間に入れることでスムーズに彼女から話を聞くことができた。

話してみると彼女はまったく普通で、何一つおかしなところはない。とても精神を病んで入院しているとは思えない、しっかりとした人であった。

だが、哲也が彼女――前田恭子さんから聞いた話は、なんとも後味の悪い話であった。

入院する前の恭子は、一人暮らしをしながら有名大学へ通う才女だった。

やがて大学のサークルで知り合った男子学生と付き合いだし、彼女のアパートで半同棲のような生活をするようになっていった。

相手はだらしない男で、それまで真面目に大学に通っていた恭子も釣られるように講義を休むようになっていく。それどころか、ホステスのアルバイトまで始めて彼氏に貢いでいた。

男は結婚するとか何とか口巧く言って恭子を丸め込んだのである。


付き合い始めの頃は優しかった男だが、だんだんと恭子を邪険に扱うようになっていく。セックスの時も、最後には恭子にピルを飲ませてゴムなしでするようになっていた。

恭子は彼に嫌われるのがいやで言うがままであり、それが良くなかった。

大学の講義が忙しく、病院へ行けずにピルなしの日が何日か続いた。もちろん彼には内緒にしていた。近頃気にいらないことがあると暴力を振るうまでになっていたからである。それに、彼の結婚してくれると言う言葉をまだ恭子は信じていた。

恭子の実家はそれなりに裕福であったから、子供が出来たとしても、どうにか大学に行きながら育てていけるだろうという甘い考えもあった。

当然の結果と言うべきか恭子は妊娠する。付き合いだして一年半が経っていた。

「結婚してくれるんでしょ？　だったらいいじゃない、産むわよ私。大丈夫、お金は心配ないわ。大学出るまでは父に生活費を出してもらうから。子育てしながら大学行くなんて大変だけど、素敵じゃない？　ねぇいいでしょ、結婚するなら産んだっていいわよね」

恭子は彼氏に、そう訊いた。

半分冗談で半分本気だ。彼の真意を知りたかった。結婚してくれると言う彼の言葉が本当かどうかを知りたかった。彼の言葉次第では今回は堕ろしてもいいと思っていた。だが恭子の思いは踏み躙られる。

「はぁ？　てめぇピル飲んでなかったのかよ、バカか！　知るかよ！　ガキなんて産んでどうすんだ。育てられるわけねぇだろ、さっさと堕ろせよ、明日堕ろしに行け。結婚だ、ハァ？　そんな約束した覚えなんかねぇよ、だいたいこの歳で結婚なんかするか、普通。遊びに決まってんだろ！　お前だって楽しんだろが。これからも楽しませてやるからよ、ガキなんかさっさと堕ろせ、いいな！」

男は青筋を立てて怒ると、恭子の腹を蹴った。

忌々しげにしばらく暴力を振るうと、急に優しくなって恭子の頭を撫でながら堕ろしに行けと耳元で囁く。

次の瞬間、

「あぁぁあぁぁあぁーーっ、出てけ！　出て行け！　あんたみたいなバカな男に引っ掛かった私がバカだったんだ。ここは私の部屋だ。出て行かないと殺すわよ、もう二度と来るな！」

ついに恭子が切れた。

般若のような顔で叫びを上げると包丁を持って男の前に立った。

「まっ、待て、待てよ、落ち着け、なに考えてんだ恭子、分かった落ち着け、なっ、包丁なんか振り回すな、話し合おう、なっ」

恭子を宥めようと男が震える声で両手を前に出し、待て落ち着けとポーズを取る。

「責任を取って結婚するか、この子を育てるか、このまま出て行くか、それともここで私に刺されるか選べ！」

「わっ、分かった。出て行くよ、誰がお前と結婚なんかするかよ、ガキは堕ろせよ、そんなもん産んでも認知なんぞしないからな、分かったな恭子！」

目を吊り上げた鬼のような形相の恭子に、男は慌てて手元の携帯や鞄を引っ掴むと、逃げるように部屋を出て行った。

男が出て行くと恭子は鍵を閉め、包丁を仕舞い座布団に座り込んだ。

「ふっふふふっ、アハッアーッハッハッハッ、ははははっバカだ。私バカだ」

頭の中は真っ白になったが自分でも驚くほど落ち着いていた。

あの男がどういう男か薄々分かっていたのに今まで付き合い続けていた自身のバカさ加減を笑った。


男と別れ数日後、恭子は子供を堕ろした。

何回か男からよりを戻そうなどと甘い言葉で誘われたが恭子はきっぱりと断った。

堕胎後、体調も戻って来た頃に奇妙なことが恭子のまわりで起こるようになる。

初めは、買い物をしてテーブルの横に放って置いたコンビニの袋からであった。

〝カサカサカサ、シャカシャカシャカ、カサカサシャカシャカ〟


夜ふと目を覚ました恭子が音に気付いてそちらを見た。

テーブル横の空のコンビニ袋がシャカシャカ小さな音を立てている。

玄関横のキッチンの窓を少し開けていたので、そこから風でも入ってきているのだろうと思い気にもせずまた眠りについた。

朝起きてみるとコンビニの袋が部屋の壁際に張り付くようにぺしゃんこになっていた。恭子は特に何とも思わず袋にゴミを入れて縛ると、そのままゴミ箱へ捨てた。

恭子は失った分を取り戻すかのように、これまで以上に大学へ通い勉学に励んだ。大学から帰ってくると今度は資格を取るために夜遅くまで勉強した。

男のことや堕胎のことを忘れたかったのかもしれない、勉強で頭をくたくたにしてベッドに倒れこむようにして寝る。そんな日が続いた。


〝シャカシャカシャカ、カサカサカサカサ、シャカシャカ、カサカサカサ〟

また深夜に目が覚めた。音が聞こえる。

音を辿るとテーブルの下、近所のスーパーの袋が落ちている。

（風じゃないわよね、窓閉めてるし……）

恭子は上半身を起こしてベッドの上から袋を見つめた。

彼女が見ているのが分かっているかのように袋の音がピタッと止まる。

「ゴキブリかな、ハエとか他の虫ならいいんだけど……」

薄暗い部屋の中、立ち上がって近くにあったいらない雑誌で袋を突いてみた。

何も起こらない、小さな虫一匹出てきた様子はない。

「うーん、逃げたか、この速さはゴキブリかな、明日、殺虫剤買ってこよう」

恭子は呟くと袋をつまみ上げてゴミ箱に捨てた。

同じようなことが何日か続いた。その度に殺虫剤をかけたりしたが、ゴキブリどころか小さな羽虫一匹さえ見つからなかった。


〝カサカサ、シャカシャカ、カサカサシャカシャカ、カサカサカサ〟


ある晩また目を覚ました恭子は、テーブルの上に置いたコンビニの袋が音を立てているのを見つけた。

この頃には慣れたもので気付かない振りをして寝たまま見ていた。

殺虫剤は枕元に置いてある。ゴキブリの姿を見てから退治しようと待ち構えていた。

〟カサカサカサ、シャカシャカ、ガサガサガサ、ゴソゴソゴソ、ガサゴソガサゴソ〟

音が大きくなった。今までほとんど動かなかった袋がほんの少し動いている。中に何かいるのは確かである。

恭子はそっと枕元の殺虫剤を掴んだ。

「今日こそ退治してやる！　出て来いゴキブリめ‼」

バッと立ち上がり殺虫剤を振り掛けると同時に明かりを点ける。

テーブルの上の袋が殺虫剤の噴射で吹き飛び落ちていく、恭子は殺虫剤を構えてゴキブリが姿を見せるのを待った。

だが、何も出てこない。近くの空き缶で恐る恐る袋を突付いても反応はなかった。思い切って袋をつまみ上げた恭子は、殺虫剤の缶を握り締めたまま、その場で息を呑んだ。

何もいない。

袋の中にもテーブルの近くにも、部屋中見回したがゴキブリが逃げた様子はなく、そのまま袋をゴミ箱へ捨てた。

「なんで……」

殺虫剤のきつい匂いが充満する部屋の中で呆然と呟いた。

ベッドに腰を掛けて考える。

確かに袋が動いていた。あれは中に何か入っていないとあんな動きはしない、ゴキブリか？小さいゴキブリだとしても見つからないわけがない、ゴキブリ専用の強力な殺虫剤だ。少しかかっただけでも効くヤツである。暫く考えていたが答えは出なかった。

それから暫くは何も起らなかった。恭子はレポートに忙しく、袋のことなどすっかり忘れていた。


梅雨に入ろうかという六月のある日、蒸し暑い夏日に事件が起こった。

「ふうーっ、取り敢えずレポートも一段落したし、今日は休みにしようかな」

恭子は大きな溜息をついて買ってきたビールに菓子と弁当をテーブルに広げた。

今日は勉強を休んでゆっくりするつもりである。

いつもはビール五本くらいまで飲んでも余裕なのに、勉強疲れか三本目を飲み終える頃にはすっかり出来上がっていた。

それでもくだらないテレビを見て笑いながら次のビールを冷蔵庫から持ってきて開ける。

半分くらい飲んだだろうか。急に眠気が襲ってきて、恭子はテーブルの横に倒れこむようにしてそのまま眠りについた。


〝ガサガサガサガサ、ゴソゴソゴソゴソ、ベリベリガサゴソベリガサゴソベリベリ〟

座布団を枕に眠っていた恭子は直ぐ後ろから聞こえてくる音で目を覚ました。

頭の真後ろでビニール袋を触る音がしている。

忙しさに忘れていたゴキブリのことを思い出した。

横になったままで辺りを見回す。テーブルの上のお菓子の袋は異常がない。

コンビニの袋だ。ビールを買ってきたコンビニの袋がない。たしかテーブルの近くに放ったらかしだったはずだ。では今後ろで鳴っているのはその袋か？

ゴキブリでも他の虫でもいい、確かめてやろうと思った。

酔っていたので気が大きくなっていたのだろう、寝ていた体をゆっくりと回転させる。

このまま回転させれば丁度袋が顔の前にくるはずである。


「うぐぅ！」


恭子は息を詰まらせ低く呻くと、同時に体を硬直させた。

確かに袋は目の前にあった。その中に何かいる。袋の中の目と恭子の目が合った。

ドロっとした皮膚のカエルのような生き物が恭子をじっと見ている。

その小さな手足がピクピク動くたびにコンビニの袋がカサカサ音を立てていた。

「きゃあぁぁ！」


悲鳴を上げて立ち上がり、慌てて明かりを点ける。

激しい運動をした後のように鼓動が脈打っていた。

恐怖に顔を引き攣らせながら、確かめるように袋を見る。何もいない、ただの空の袋だ。

「夢？　酔っ払って変な夢を見たんだ……あぁ怖かった」

額の汗を拭い、冷蔵庫からお茶を取り出して一気に飲み干した恭子の動きが止まった。

また心臓が早鐘のように鳴る。

（テレビも電気も点けたままだったはず。そのまま寝っ転がったんだし……）

消えているテレビに向かって無意識にリモコンを掴んだまま恭子は固まった。

確かに明かりもテレビも点けたまま酔っ払って眠ったはずだ。

横になって寝付くまでテレビの音が聞こえていたのも何となく覚えている。

「袋……全部袋だわ。そうよ、いつも袋が部屋にある時だけ……袋がない時は何もない」

恭子は呟くと、袋を丸めてそのままゴミ箱へ捨てた。


今までの出来事を思い起こしてみる。

コンビニの袋、スーパーの袋、本を買った時の紙袋、カサカサ音が鳴るのは全て空の袋がある時だけである。

その日から部屋に袋は置かなくなった。コンビニなどで貰った袋は直ぐに丸めてゴミ箱へ捨てた。それが功をなしたのか変なことはぴたりと起きなくなる。

一ヶ月も経つとあのカエルみたいな生き物のことはすっかり忘れていた。

ただ袋だけは丸めて捨てるのが癖になっていた。


暫くして恭子に新しい恋人が出来た。

以前のバカ男と違い、誠実で真面目な年上の社会人である。交際を重ね深い付き合いとなる。

彼は実家暮らしだったのでもっぱら恭子の部屋に遊びに来た。

不思議なことに、彼が出来てから袋を部屋に放って置いても何も起きなくなっていた。

「ははっカエルのお化けだな、恭ちゃん子供の頃にカエル苛めたんじゃない？　まあ冗談は置いといて自動車の振動とかで袋が震えただけだよ、空の袋は軽いから振動で共振しちゃうんだよ」

袋のことを話すと彼は笑いながら答えてくれた。

彼と二人の時はもちろん、恭子一人の時でも部屋に袋を置いていても何も起きなくなっていた。

彼との幸せな日々に、恭子は袋のことを完全に忘れた。


付き合って半年、油断したのか恭子はまた妊娠してしまった。以前の事があったので恭子は恐々と聞くと、彼のほうから子供は産んでくれ、結婚しようと言ってくれた。

恭子は迷った。結婚はするとして、子供は堕ろそうかと悩んでいたのである。大学はあと一年半残っていた。取りたい資格もある。その一方でいっそのこと大学を辞めて、専業主婦になるのもいいかとも思う。

妊娠してから彼は以前にも増して優しくなった。恭子は幸せであった。


そんなある日、彼が神妙な面持ちで恭子の部屋へとやって来た。

「すまん恭子、子供は今回は諦めてくれ」

彼が土下座をした。

不況の煽りを受け、彼の会社が倒産したのである。

今の状況ではとても子供を育てることはできない、彼はそう言って頭を下げた。だが責任を取って結婚はすると言ってくれた。

俺にはお前しかいないと恭子を抱き締めてくれた。恭子はそれだけで幸せである。

彼を選んでよかったと、今度は間違わなかったと、そう思った。

「うんいいわよ、じつを言うと私も迷ってたの。大学もあるし、取りたい資格もあるし……せっかく良い大学入ったのに卒業しないと勿体ないじゃない？　あと一年半だし。結婚も大学卒業してからでいいわ、それまで恋人気分ね」

恭子は笑って答えた。真摯な彼の気持ちが嬉しかった。

計画して作った子供じゃない、本当に欲しくて出来た子じゃない、子供はまた作ればいい、そう簡単に考えていた。

状況が変わるかもしれないから暫く待ってくれという彼の言葉で、二週間ほど待ったが結局堕ろすことになった。


二度目の堕胎、それが恐怖の始まりだった。

変化は堕胎してから直ぐに起こった。また袋が鳴るのだ。カサカサゴソゴソと、一人で部屋にいると夜も昼も関係なく袋が鳴った。

彼に話すと堕胎して気分が落ち込んでそんなふうに感じるんだと慰めてくれた。

しかし、また見たのだ。袋の中に、ドロドロの赤い皮膚をしたカエルのような生き物を……。

恭子はまた部屋に袋を置かなくなった。

袋がないと何も起こらない、彼氏が泊まった時に恭子を安心させようとわざと袋をテーブルの上に置いて寝た時も何も起こらなかった。

全て恭子の幻覚なのだろうか？

ある晩、恭子は覚悟を決めて袋をテーブルの上に置き、一人で寝ることにした。

彼とドライブに行った際に拾ってきた一メートルくらいの木の棒を枕元に置いて寝た。あのカエルが出てきたら叩き潰してやるつもりである。


〝カサカサカサ、シャカシャカシャカ、カサカサシャカシャカ〟

午前零時を回ったころ恭子が目を覚ました。
テーブルの上の袋が動いている。咄嗟に枕元の棒を掴もうとしたが、体が動かない。金縛りだった。

〝ガザガザガザ、ゴソゴソゴソ、ガシャガシャゴゾゴゾ、ガザガザザザー〟

中の物が動いて袋の口の方へ移動してくる。
袋の口がゆっくりと開いた。

『フギャーー』

表面が溶けたようなドロドロの赤い皮膚をしたカエルが奇妙な声で鳴いた。
その声を聞きながら恭子の意識は闇に落ちていった。
気がつくと朝になっていた。

「カエルが出たの！　赤黒いカエルがギャーって鳴いたのよ、夢なんかじゃない！　私見たんだから……ねぇ、助けて、私どうしたらいいの!?」
目が覚めると恭子は半狂乱で彼に電話をした。直ぐに行くという彼の声を聞いて少し落ち着き、恭子はほっとして電話を切った。

ふとテーブルの上を見る。袋が何事もなかったかのように置いてある。

「きゃあぁぁ！」

捨てようと袋を持ち上げた恭子が悲鳴を上げた。

袋の中に血のような赤い液体がべったりと残っていた。あのカエルと同じ色だ。

袋を放り投げるとベッドの上でシーツに包まって彼が来るのを待った。


〝ズリズリー、ズリズリ、ズリリズリリ、ズズリズズリ、ズズリー、ズリリー〟


いつの間にか眠ってしまった恭子が物音で目を覚ました。

反射的に袋を見る。袋は動いていない、じゃあこの音は……。


『ホギャーッ、オギャーッ、ホオォギャアァアァ～～』


恭子の顔の前、ベッドの脇からあの赤黒いカエルが顔を見せてせがむような声で鳴いた。

ゆっくりとベッドをよじ登って来る。恭子の目が釘付けになった。

カエルの横からもう一つ頭が見えた。オギャーと鳴きもう一匹這い上がってくる。

赤黒いカエルのような物が二匹いた。

「ああぁっ！　いやぁあぁぁ、来ないで！　来ないでぇ……ひぃーっ！　いやぁぁっ、いぃ……ひぃやぁあぁぁ」

彼が合鍵を使って部屋に入ると、恭子が叫びながら木の棒を振り回して、部屋中滅茶苦茶になっているところであった。

恭子の顔は恐怖に引き攣りながらもなぜか笑っている。

「恭子しっかりしろ、落ち着け、何があった。落ち着け」

「袋から出てくるの、袋からカエルが……赤黒いカエルが出てくるのよ、潰しても潰しても出てくるのよ、袋から……出てくるのよ！」

棒切れを取り上げると彼は恭子を抱き締めた。

恭子は視線を空に泳がせ、心ここにあらずといった表情で袋、袋と繰り返し呟く、彼が見ると小さく破かれたコンビニの袋が散乱していた。

彼の顔を見て落ち着いたのか、暫くして恭子は元の状態に戻った。

そして、ゆっくりと彼に経緯を説明した。彼も今晩は彼女の家に泊まると言ってくれた。

二人で部屋を片付けシャワーを浴びると、恭子は彼の腕の中で眠りについた。

〝ガザガザガザ、ゴソゴソゴソ、ガシャガシャゴゾゴゾ、ガザガザザザー〟

深夜、彼は物音で目が覚めた。

恭子は己の胸元で可愛い寝息を立てている。

(何の音だ？　ははぁ、これが恭子の言っていた音だな)

ゆっくりと寝返りを打ちテーブルのある方を向くと、テーブルの下にコンビニの袋があった。

その袋が動いてガサガサと音を立てている。

袋の口から何か見えた。


『オギャーッ、ホオォギャギャアァアァ～～』


彼は息を呑んだ。

全身が硬直して動かない、彼には分かった。何かで見たことがあった。

ゆっくりと袋から這い出てきたのはカエルではなく胎児だ。まだ人間に、赤ちゃんになる前の両生類みたいな形をした胎児である。


「ヒーッ、ヒィーッ！」

彼は悲鳴を上げたが、喉がひゅうひゅう鳴るだけで声にならない、体も動かなくなっていた。

金縛りである。

胎児がゆっくりと這って来る。

毛の生えていない、ヌルッとした頭が二つ見える。二匹いた。

胎児が彼の腹に上ってくる。冷たい、小さな缶コーヒーくらいの重み、その小さな手足を動かす度にぽつぽつと指で突いたような感触が薄いシャツ一枚越しに伝わってきた。

指一本動かせずに、じっと耐える彼の上を這って通り過ぎると、すやすやと寝息を立てる恭子の胸元に潜り込んで胎児が鳴いた。


『オギャーッ、オギャーッ、マンマーッ、マンマーッ』


恭子の乳首にしゃぶりつく二匹の胎児を見つめたまま彼は意識を失った。

翌朝、彼は何も言わずに朝早くに恭子の部屋を出て行った。

その日のうちに彼から別れ話が恭子のもとにきた。

恭子が問い質すと、彼は二つ居た胎児のことを話した。

二つ居たことが問題になった。彼は真面目すぎたのである。

いろいろ話し合ったが結局二人は別れた。恭子は大学にも行かなくなり、荒れた生活を送るようになる。

その頃からカエルのような胎児は袋だけではなく、服のポケットや裾、布団の間など袋状になった隙間なら、どこからでも出てくるようになった。

彼と別れたショックとカエルのような胎児が見える幻覚とでおかしくなった恭子は、磯山病院へと入れられることになったのである。


以上が前田恭子さんが聞かせてくれた話だ。

話し終えると彼女は疲れたような顔で寂しそうに笑った。

看護師の杉山が彼女の背を優しく撫でる。恭子がはにかむように彼の顔を見つめた。

哲也はピンと来た。二人は好きあっているのだと……。哲也は邪魔になるといけないのでそっと部屋を後にした。


その夜、彼女が部屋で大暴れをした。警備員の哲也も、もちろん駆けつけた。

「カエルがっ、カエルが出てくるの、袋から穴から出てくるのよぉぉ」


錯乱状態の恭子を看護師の杉山と一緒に取り押さえる。

部屋は凄い荒れ様である。

彼女は袋恐怖症とでもいう状態だ。部屋には当然袋など置いてはいない、病状が悪化してからは気を付けて、小さな菓子の包み袋さえ置かないようにしていた。

では何故、何処からカエルみたいな胎児が出てきたのだろうか？

親しくしている杉山の顔を見て安心したのか恭子が話し始めた。

「花瓶から、その穴からカエルが出てきたの、出てきてオギャーと鳴いたのよ、閉じていた目がカッと開いて私を恨めしそうに見て鳴いたのよ」

窓際の小さな机に置いていた花瓶が粉々に割れていた。母親が見舞いの時に持って来た物である。

割れた破片で傷付いたのか恭子は足を少し切っていた。こぼれた水に血が混じって床を薄紅色に染めていた。

先生が鎮静剤を打つと恭子は力が抜けたようにベッドに横になった。

看護師の杉山が部屋を片付けながら恭子が眠るまで居ることになる。濡れた床を雑巾で拭いている杉山を恭子が安心した表情で見ていた。

ひとまず大丈夫だろうと言う先生の言葉で哲也たちは部屋を後にした。

だが、部屋を出る時に哲也は見た。花瓶の置いてあった机の側面に、赤黒い小さな手の形のような物が付いていたのを……。

確かめようとしたところで杉山が雑巾で拭いてしまった。

あれはたんなる染みだったのか今となっては分からない。哲也は何か言おうとしたが安心顔の恭子を見て止めた。

それから暫くは何も起こらなかった。恭子もおとなしく普通に生活していたのだが十日ほど経ってから大事件が起こった。

事の発端は看護師の杉山だ。あんなに仲のよかった彼が恭子を避けるようになったのである。そして事件の三日前、彼は磯山病院を辞めてしまった。

杉山拓哉が辞めた日から連続して恭子は部屋で暴れた。錯乱状態で大の男が三人掛かりでやっと取り押さえられたほどである。

先生も普段は使わない強力な鎮静剤を二晩続けて使用した。

「彼はどこ？　どこに居るの？　出てくるのよ、カエルが……拓哉のカエルが出てくるのよ」

錯乱状態の恭子が何度も辞めた看護師の名を叫ぶ。錯乱した様子を見ているのが居たたまれなくなって、哲也は何も聞かずに部屋を出た。

事件が起きたのはその翌日の夜。

自身の腹を刺して暴れている彼女を哲也は取り押さえることになる。

「三匹目が、三匹目が出てくるのよ、カエルがっ。彼の赤ちゃんがここから……私の袋から出てくるの、オギャー、オギャーって出てくるのっ……拓哉のカエルがっ。ふへっ、ふへへへっ、ひっひひひっ、ひーっひっひっ、出てくるの、三匹目が、出てくるのよぉぉ」

完全に正気を失った目をして、自分の下腹部にフォークを突き刺していた。

手術室に運ばれていく恭子を見送っていた哲也は、看護師たちが掃除を始めた病室を見てその場に立ち尽くした。恭子の流した血溜まりの中に、小さな手足の形をした物が部屋の床にいくつもあったのを発見したからである。


恭子を見たのはそれっきりであった。

緊急手術で一命は取り留めたものの、彼女の意識は正気に戻らなかったのである。まともに会話さえできない状態だと聞いた。

彼女は隔離病棟の中でも重度の患者が入る二十四時間監視付きの部屋へと移された。


急に彼女の状態が悪化した原因が分かった。

恭子は妊娠していたのである。相手は看護師の杉山だ。

杉山は彼女の話を聞いて同情し、恭子もまた、なにかれと世話を焼いてくれる彼に惹かれていった。

二人は人目を忍んで情事を重ね、恭子は退院したら杉山と結婚することを夢見ていた。

しかし杉山は逃げた。恭子の病状が悪化したからではない、妊娠していることに気付いたからである。杉山にそこまでの覚悟はなかった。初めから結婚する気などはなかったのだ。

哲也は後悔した。

花瓶を割ったあの日に見た小さな手形みたいなもの。あの時、部屋を探せば杉山にも見てもらえたかもしれない。そうすれば恭子の話も少しは信じてもらえたかもしれない。あんな目に合わせずに済んだのかもしれない……。

女性の持つ子宮という袋が彼女に幻覚を見せたのだろうか？　堕胎したことによる後悔の念がそれを生み出したのか……。一旦は治まったものが、妊娠という出来事が引き金となり、再度幻覚を見るようになったのだろうか？　哲也には分からなかった。

袋は入れ物。いろんな物を入れる袋。だけど入れるだけじゃない、そこから出すのである。出てくるのだ。もしかしたら入れた覚えのない物が出てくることだってあるのかもしれない……。

哲也はそう思った。

第四話　岩田さん

これは少し不思議な話だ。

患者さんの個人的な話ではない、この磯山病院に伝わる噂話の一つだ。

古い病院には奇妙な話の一つや二つは噂として伝わっているものである。


ずっと昔にこの磯山病院に入院していて、そのまま亡くなった患者さんが出るという、よくある幽霊話だ。

化けて出る患者の名前は「岩田さん」という。岩田某か名前までは分からない、名字だけだ。

それも本当の名前かも分からない。それほど昔から出ていて、昔から「岩田さん」とだけ伝わっている幽霊である。

患者だけでなく、看護師に事務員に警備員、はたまた先生の中にも見た人がいるというくらい磯山病院ではメジャーな幽霊だ。

入院している患者たちはまことしやかに騒いでいるが、病院で働いているほとんどの人は見間違いで片付けていた。哲也と親しい先生も、疲れているから幻覚を見るんだと言って取り合わない。事務員はともかくとして、夜勤に早出など、交代勤務で二十四時間働いている看護師や警備員は激務である。それ故、見間違い、疲れのための幻覚で片付けるのは分かる。

単なる噂話なら哲也も気に掛けなかったのだが、問題が一つあった。岩田さんを見ると良くないことが起こるのだ。転んだり怪我をしたりは良い方で、階段から落ちて骨折した人も居るという。岩田さんは何者なのだろうか？

じつは哲也も見たことがある。

あれは哲也が磯山病院で警備のバイトを始めて三ヶ月ほど経った時のことだ。深夜の巡回も一人で鼻歌交じりにできるくらい仕事に慣れてきた頃のことである。

入院患者の食事タイム。この時間に業者や看護師たちはベッドのシーツを換え、各種点検作業を行う。

哲也たち警備員も、この時間帯は何か異常がないか各部屋を見回るので結構忙しい。

「あれ？　見たことのない人だな。川上さんのお見舞いじゃないな……患者の服着てるし」

個室の病室へと入る人影を見て哲也は一人呟いた。

その部屋の住人、川上とは仲良しだったので気になって部屋まで行ってみた。

えっ⁉　なんだ……見間違いか？

今は全員夕食中だ。まあ中には、歩き回っている困った患者さんも居ることはいるが……。

「うん……見間違いだな。ここんとこ夜勤続きで疲れてんだな」

誰もいない部屋を見回して独り言のように言った声が震えていた。

確かに部屋へ入る人影を見た。小柄の、太った男性だ。哲也は怖くなって、見た事実を疲れからくる錯覚ということで処理すると、何事もなかったかのように川上の部屋を出て巡回を続けた。


それから五日ほどしてまた見たのである。

夕食時の巡回をしていると、川上の部屋へ太った小柄な男が入っていく、哲也は注意しようと慌てて部屋に向かった。

だが、誰も居ない。哲也は部屋の隅々、ベッドの下まで探した。確かに見たのだ、二度も見間違いがあるものか……。

「おや、警備員さん何か用かい」

後ろから声を掛けられ、哲也はビクッとして振り向いた。

夕食を終えた川上がドアの前に立っていた。

「あっ、いえ、べつに何も……ただの定期巡回です。あははっ」

患者を不安にさせてはいけない。哲也は笑って誤魔化そうとした。

「そうかい、でも顔に嘘と書いてあるよ、怒らないから何があったか言ってごらん」

川上が優しい笑みで見つめる。

「じつは……」

仲の良いこともあって哲也は川上に先程見た出来事を話した。

「ああ見たのか、岩田さんだな。見ちゃったのか岩田さん」

「岩田さん？」

川上の意味ありげな、ニヤッとした笑みを見て哲也が聞き返した。

「警備員さんはまだ三ヶ月だっけ？　じゃあ知らないかな、聞いたことないかい岩田さんの話？　じゃあ教えてあげよう、岩田さんというのは幽霊だよ、昔ここに入院していて亡くなった患者さんらしいんだ。何が心残りか時々出て来るんだと。私が入院する前からある話だよ。私が聞いた人の前から伝わってるから、何十年と続いてる話だね」

自分の部屋にそんな幽霊が入ったというのに、川上は楽しそうに哲也の顔を見てニヤニヤと笑う。何やら悪戯を企むような笑みに、からかわれているのだと一安心して部屋を出る。

「三日だよ、岩田さんを見てから三日ほどは気を付けないとダメだよ」

部屋を出ようとした哲也に川上が声を掛けた。

「どういう意味ですか？　三日って？」

「岩田さんを見ると良くないことが起きるんだ。見た人は三日以内に怪我をしたり病気になったりする。階段から落ちて骨を折った人も居るらしいから、三日間は気を付けるんだよ。三日だよ」

川上の顔から笑みが消えていた。


「三日ですか？　はぁ気を付けます」


からかわれているのだと思った哲也は生返事をして部屋を出た。

ふと廊下で立ち止まり、じっとスリッパを見つめる。

三日前に足をぶつけ、爪の中に血豆が出来るほどの怪我をしたのだ。

規定では靴を履かないといけないところを、怪我のためスリッパを履くのを許可されたほどである。怪我をしたのが初めに岩田さんを見て丁度三日目……。


「まさかね、冗談うまいんだから川上さん」

気にしていないとでも言うように呟くと哲也は巡回に戻った。

次の日、川上の忠告をもっと真剣に聞いておけばよかったと哲也は後悔した。

その日、暴れる患者を取り押さえている最中、その患者に思いっきり腕を噛まれたのである。出血するくらい人に噛まれたのは初めてだ。

本気で人に噛み付かれると、痛みよりもショックの方が大きい。哲也は暫く右腕に大きな絆創膏を貼って過ごした。


「それくらいで済んで良かった良かった」

「いやぁ、参っちゃいましたよ、冗談だと思ってたのに、岩田さん……」

笑う川上の前で哲也はふと言葉を濁した。

見ただけの哲也が怪我をしたのである。部屋に入られた川上は大丈夫なのだろうか。先生に言って部屋を替えて貰えばいいのにと思ったが、警備員の哲也が言うことではないと思い直した。

川上に何かあっては大変だと思い、それからはいつも以上に注意を向けることにした。

しかし何も起こらない、それどころか川上はみるみる回復していく。川上は鬱病で、入院して今年で二年目、入院中一度自殺未遂をしたことがあるほどの重症である。

それが今では薬を飲まなくてもいいくらいになり、一ヶ月後、哲也の不安を他所に川上の退院が決まった。

「川上さんは怖くなかったんですか？　岩田さんが部屋に入って行ったんですよ」

退院当日、私服に着替えて荷物をまとめていた川上に思い切って訊いた。

「ああ、岩田さんね、あーっ言わなかったっけ？　岩田さんの話には二つあるんだよ。一つは姿を見た人が怪我をするとか良くないことが起こる。もう一つが岩田さんが入った病室からは回復して退院する人が必ず出るっていうんだ。私の部屋は個室だからね、だから君の話を聞いてから私は嬉しくてね、こうして元気になったのは警備員さんの話を聞いたからかもしれないね、ありがとうね」

「それであの話をした後、あんなに嬉しそうだったんですね。何より退院おめでとうございます、本当に良かったです。僕も怪我をした甲斐がありました」

哲也の言葉に笑顔を返すと、川上は家族と幸せそうに帰って行った。

これが哲也が実際に見て体験した岩田さんの話である。


それからというもの、岩田の事が気になった哲也は何かにつけ患者に聞いて回った。

調子に乗って看護師や先生にまでしつこく聞き、ある先生にはバカな事を話すなと叱られてしまった。

岩田さんの噂は半年以上入院している患者ならみんな知っていた。

先生や看護師たちもみんな知っていて、信じている人や鼻で笑う人などいろいろ居たが、哲也が注目したのは実際に見た人が少なからず居たことである。

自分の見た岩田さんと容姿がそっくりなので大いに盛り上がった。もちろん見た人全員何がしかの怪我をしていた。それでまた盛り上がる。

だが岩田さんが何の目的で出てくるのか、何者なのかを知っている人は誰もいない、出てくる場所も時間帯もバラバラで、何の統一性もない。ただ思いついたように現れては部屋へ入っていくのだ。

ある患者など、岩田さんのことを福の神と呼び、自分の病室に入ってきて欲しいと拝む真似すらした。その反面、姿を見るのは嫌だと言っている。そりゃあ我儘だとみんなして笑った。

それから一ヶ月ほど経ったある日、ある患者が岩田さんを見たと騒ぎ出した。

忙しさに岩田さんのことなどすっかり忘れていた哲也だが、見たと言う患者と話す機会があったので詳しく聞いてみた。

「夜トイレに起きたら、隣の部屋の前に誰か立ってたんだ。見たことのない人だよ、会釈して通り過ぎる時にチラッと見たら、部屋に入ってってたその人がスーっと消えたんだよ！　それで噂を思い出したんだ。小柄で太った人だった。岩田さんに間違いないね」

彼は少し興奮した様子で話してくれた。確かに哲也が以前見た岩田さんと同じだ。

「じゃあ、気をつけてくださいよ、怪我。三日間ですよ」

自慢げな彼を見て哲也が意地悪くニヤっと笑った。

「ハァ～、三日間か、できるだけ痛くないのがいいなぁ」

噂を知っている彼は嫌そうな顔で溜息をついた。


「そんな顔してないで、ほら饅頭でも食べなよ、部屋に来てまた話を聞かせてよ」

隣の大部屋の患者たちに彼は連れて行かれた。

岩田さんが入っていった部屋である。

その大部屋は、もう大騒ぎだ。六人の患者がそれぞれ自分が退院すると言って騒ぐ。岩田さんを見た彼を英雄のように持ち上げていた。


岩田さんを見た彼がその晩怪我をした。

どこから入ってきたのか蜂に刺されたのである。幸いアシナガバチという小型の蜂で、少し腫れただけで痛みも一日で治まった。

「いや～、参ったね、本当なんだね岩田さん、でもこれくらいで良かったよ」

布団の中で刺されたと一センチほどの円状に赤く腫れた太腿を見せながら笑った。

参ったのは哲也のほうである。

その夜の警備巡回で哲也も見てしまったのだ。これで三回目だ。

話を聞いて件の大部屋には近付きたくなかったのだが、警備員が仕事をサボるわけにはいかない。廊下は電気は点いているが昼間の三分の一である。真っ暗ではないが昼間より明度が落ちて薄暗い。

街灯の少ない夕暮れの田舎道を歩いているような心許ない廊下、あの大部屋の前に誰か居た。

岩田さんが直接何かをしたという話は聞いたことがない。哲也は覚悟を決めて近付いた。

哲也が近付いてきたのが分かったかのように彼が部屋へと入っていく、部屋の前を通り過ぎる時にチラッと見る。まだ居た。哲也と目が合うと岩田さんはスーっと透けるように消えた。

その後はあまり覚えていない。早足でぞんざいに巡回を終えると、休憩所のベッドに潜り込んで震えながら寝てしまったらしい。

哲也はこの話を誰にも話さなかった。岩田さんの顔を近くで見たこともだ。先生たちに止められていたからである。

先生曰く、「くだらん噂話を広げるな」とのことだ。無闇に不安を煽るようなことはするなときつく言い付かった。

それだけではない。哲也は怖くなったのである。

間近で見た岩田さんは、ニヤッと不気味に笑っていたから……。

三日後、哲也はある患者がふざけて投げた本で右目を負傷して暫く眼帯での生活を余儀なくされた。

不貞腐れる哲也の気も知らず、大部屋の連中は相変わらずはしゃいでいた。

病は気からとはよく言ったもので、件の大部屋の患者全員が少し回復傾向にあった。

みんな自分が退院するんだと張り切って生活しているので、精神面が良い状態になるのは当然と言えば当然なのだが、なぜか哲也は不安で仕方なかった。

眼帯の不自由な生活が続く間、哲也はあの部屋には近付かなかった。

これ以上怪我をしたら割に合わないと、あの部屋の前を通る警備巡回を同僚の園田俊之《そのだとしゆき》さんに交代して貰ったのだ。

六十歳過ぎの園田さんは警備のベテランで哲也の先輩だ。理由を話すと笑いながら引き受けてくれた。

暫くして、哲也の知らないところで騒ぎが起こっていたのを後になって知った。

あの部屋に居た患者の一人が亡くなったというのである。深夜に心臓発作を起こして処置の甲斐なくそのまま亡くなったのだと聞いた。

怪我が治り眼帯のとれた哲也は詳しい話を聞きにあの大部屋へと向かった。

自分が退院するとはしゃいでいた患者たちは気落ちしたのか全員おとなしくなっていた。

話を聞ける雰囲気ではなかったので、隣の大部屋の、初めに岩田さんを見た患者に話を聞くことにする。

彼はここじゃまずいんでと哲也をロビー横の自動販売機コーナーまで連れて行った。

ここは丁度死角になっていて、患者がお見舞いの人からタバコを貰って隠れて吸ったりするのに使っているところである。

「見たんだよ。死んだ下澤さんな、見たんだよ、岩田さんをさ、部屋ん中で見たって言って喜んでたよ。夜、目を覚ましたら枕元に岩田さんが立っていてニッコリ笑っていたんだとさ。下澤さん目が悪いから、枕元の眼鏡を取ってしっかり見ようとしたらもう消えてたんだと。岩田さんは見ると少し不幸になる。怪我をしたりさ。もちろん下澤さんも知ってたさ、そんでもわざわざ枕元に立って笑ってたんだから、俺が元気になって退院するんだってておはしゃぎさ」

自販機前の長椅子にドカッと腰を下ろして彼が話してくれた。

哲也はジュースを彼に差し出し続きを催促した。

「他の連中は嘘を吐くなとか、夢を見たんだとか、下澤さんを馬鹿にしたように言ってたな。まあ僻みもあったんだろうな、でも本人は悪口など気にしないで元気いっぱいはしゃいでたよ。それが三日目の晩に心臓発作だろ？　みんな大騒ぎさ、岩田さんって何もんなんだろうねぇ」

ジュースをぐいっと飲み干すと彼は立ち上がった。

哲也は去って行く彼に礼を言うと、椅子に座って考えた。

下澤は目が悪く眼鏡をしていた。岩田さんは本当に笑っていたのだろうか。

岩田さんが現れた大部屋の患者は誰も退院するものは居なかった。


その日からみんな岩田さんの話をしなくなった。岩田さんはたんなる噂、幻覚として受け流された。

その後も何度か岩田さんを見たという人は現れたが先生や看護師に口止めされて噂になることはなかった。

岩田さんの話はよくある病院の幽霊話の一つとして片付けられたのである。

看護師たちの仕事は目が回るくらい忙しいし、神経も使う。患者はいろいろな薬を服用している。

だから時として幻覚を見てもおかしくはない。「岩田さん」という幻覚を見た後にたまたま怪我をしただけだと先生は言う。その通りかもしれない。哲也には分からない。

岩田さんを見ると怪我をしたりして少し不幸になる。

部屋に入るとその部屋の誰か一人は必ず元気になって退院する。

しかし岩田さんが枕元に立つと、大きな不幸が訪れるのではないのだろうか？

誰かが言っていた、岩田さんは福の神だと。

しかし哲也は思う、本当はその反対ではないのかと。

なぜなら哲也は見たのである。亡くなった下澤の病室に入る岩田さんの顔を間近で。その顔は悪意たっぷりの目付きで、ニヤリと陰湿に口元を歪めて笑っていたのを……。

たぶん下澤もその顔を見たのだ。目の悪い下澤にはそれが笑顔に見えたのだろう。

哲也は休憩室で休む時、岩田さんが出ないように祈ってから寝るようになった。背筋に氷を押し付けられたようなゾクッとする、あの悪意に満ちた笑みは二度と見たくはない。

第五話　河童

河の童と書いて河童《カッパ》と読む、幻の動物というか妖怪である。

昔話などにもよく出てくる悪戯好きな妖怪だ。

その名の通り川や沼池に住んでいて水の中に引き込んで溺れさせたり悪さもする。

河童の姿は子供くらいの大きさで、カエルのようなぬめった皮膚をして背中にカメのような甲羅を背負っている。一番の特徴は頭の天辺にある皿のようなもので、それが乾くと力を失うと言われている。日本では絶滅したが昔実際にいたカワウソや、川を上ってきたアシカなどを見間違えたという説もある。

胡瓜《きゅうり》が好物で相撲も好きで人間と相撲をとったと言う昔話もある。怖い反面、どこか憎めない愛嬌のある妖怪である。

これはそんな河童が関係する話だ。

つい先日新しく入院してきた内牧健司《うちまきけんじ》さんが珍しい物を持っていると自慢気に他の患者たちに見せていた。

彼が持っていた物とは小さな動物の腕のミイラである。

「これはな、河童の腕だぞ。俺がガキの頃住んでた山の沼に河童が居たんだ。ガキの頃はよく見た。実際怖い目にもあったんだが、大人になってからは見なくなった。山の中をデカい道路が通るようになって河童もどこかへ行ったんだと思ってた。それがよう、今から三年前に田舎に帰った時に河童が俺の家へ来て悪さしやがった。それを退治した時にこの腕を置いてったんだ。いつ河童が取りに来るか楽しみでな、来たら返り討ちにしてやろうと思って今でも大事に持ってるんだよ」

内牧はそう言って哲也にもミイラを見せてくれた。

ミイラは言っては何だが素人が作った小汚い干物みたいな物であった。それを三十七歳にもなる大人が大事そうに箱に入れて持ち歩き、自慢気に見せびらかすのである。

内牧は精神遅滞でこの磯山病院に入った。症状は軽度なのだが暴れると手に負えなくなる。体は大人なのだが知能と精神が小学生くらいなのだ。何か事件を起こして刑務所の代わりに心の病棟に入れられる人は多い。内牧もその一人だ。

内牧が大事そうに持っていたのは河童の腕などではなく、猫の腕である。先生に聞くまでもない、哲也でさえ一目で分かった。干からびた小さな腕のミイラには短い毛と特徴のある猫の爪が付いていたからである。それに水かきはないのに肉球が付いていた。

ある患者が猫の手だと本当の事を言って内牧の事を嘘吐きだとからかった。怒った内牧が大暴れしてその患者に殴りかかり、怪我を負わせる事件があった。それ以来、みんな猫だと分かっていてもわざと驚く振りをして、内牧を怒らさないようにしているのである。内牧はそうとも知らず、みんなのわざとらしい驚き顔に満足そうに喜んでいた。

哲也は猫のミイラは兎も角、内牧が昔見た河童の話に興味を持った。何かの見間違えだとしても都会育ちの哲也にはそれはそれで面白い話が聞けると思い、院内の購買で買った安い菓子を手土産に内牧の居る病室へと向かった。

これは哲也が聞いた内牧の少年時代の話である。

内牧は四国の高知出身だ。彼は幼少の頃から粗暴で些細なことでも直ぐに暴力を振るった。結果、友達など出来るわけもなく、級友はもちろん、近所の子供たちも彼を避けていた。それでよく一人で山へ行って遊んでいたのだ。

山間に小さな沼があってそこでよく遊んだという。その遊びが残酷で、捕まえた虫やトカゲを痛めつけて殺した後に沼に捨てていたのだ。時には小鳥や亀に石を巻き付け、生きたまま沼に沈めて殺すこともあった。

遊びというより完全に動物虐待である。

もっとも分別の分からない幼い時には遊びの範疇で何がしかの生き物を殺すということは、田舎など生物が豊富な場所で育った者なら大抵の人は経験があるだろう。しかし内牧は心が幼いままであるから、中学生になってもこの遊びを好み、暖かい季節になると毎日のように山に行って遊んでいた。

ある夏の日、いつものように虫を苛めていた彼は沼のほとりで奇妙な生き物を見つける。

それは二匹いた。一匹がドボンという大きな水しぶきを上げて沼に潜った。

でかいカエルだ。彼はそう思ったのだという。

「スゲー、あんなでかいカエル見たことねぇに、捕まえたらみんな吃驚するぞね」

彼は逃げられないように後ろからそっと近付いた。

近くで見ると幼稚園児くらいの大きな変な生き物だというのが分かった。

ぬめぬめの皮膚にスッポンのような甲羅が付いている。カエルかと思ったらでかいカメらしい。

何でもいい捕まえてやろう……、彼はそう思いさらに近付いた。

「うひぃいぃーーっ」

三メートルほど近付いたところで、彼は低い悲鳴を上げた。

振り向いた生き物はカエルでもカメでもなかった。カエルと人間が混じったような見たこともない生き物である。

『ギエェーッ、ゲッゲッギエギエ、ギエエェ〜』

全身灰緑色で赤子のような顔付きの生き物が、その口を大きく開けサルのように鳴きながら内牧に向かってくる。

「わあぁあぁーっ」

内牧は走って逃げた。その生き物が跳ねるようにして追って来る。生き物の腕が背中のリュックに触れる。内牧が捕まると思った時に帽子が脱げた。生き物の足が止まる。落ちた帽子を手に取って興味深げに見ていた。その間に内牧は逃げることができた。

「変なもん見た！　山の沼で変なもん見た。緑色の大きなカメの化け物見たに、ありゃ間違いなく化け物ちゃ」

そのまま走って家に帰ると母親に興奮したまま大声で話した。

「河童や。青くてぬるぬるしとって甲羅があったきに、そりゃ河童や。大昔にはこの辺にもうんとおったと聞いたことがあるけぇ、今じゃ見たもんは居らんようなったっちゃ。建坊は珍しいもん見たんちゃ、河童は川とか沼池におっての、人に悪さするけに、気ぃ付けぇや」

母の代わりに祖父が答えてくれた。内牧の大声に何事かと奥から出てきて物珍しそうにうんうん頷きながら教えてくれた。

「河童かぁ、あれが河童なんやな、ほうか珍しいんか、正体分かりゃ怖くないきに」

視線を上にあげて何かを考えるように内牧が呟いた。

彼は元来の粗暴な性格が災いしたのか、翌日から河童を捕まえてやろうと企んだ。


次の日、納屋にあった細い竹に鎌をガムテープでグルグル巻きに括り付けた武器を作る。中学生になっても心が幼いままの内牧はテレビアニメのキャラが持っているような武器の出来映えに満足すると、早速沼へと向かった。

珍しいと言われるだけあって毎日通ったがなかなか見つけられない。夏も終わって九月の中頃、やっと待ちに待っていた河童を見つけた。

河童はこの前いた所の反対側の岸に居た。前に見た所を中心に探していた内牧の丁度反対側である。小さな沼なので五分とかからずに行ける距離だ。

「いた！　丁度ええ一匹ちゃ、この鎌で叩き斬って捕まえてやるけぇ」

小声で喜ぶと河童の背後を取るように静かに近付いた。

五メートルくらいの所まで近付くと、内牧は急に駆け出し、棒の先にくくり付けた鎌を河童目掛けて振り下ろした。

『ゲギエェーッ、ギゲアァ〜〜』

鎌が河童の肩口に当たる。棒を持つ腕に感触が伝わり、同時に河童が高い叫び声を上げた。

『ゲッゲッギェギェギェ、ギエェーッ、ギゲェーッ』

赤い血を流しながら河童が振り返って内牧を見る。

『ゲッゲッギェギェーッ、キッタ、キッタ、キッタナ、ギゲェーッ』

「おうぅっ!!」

河童が人間の言葉を甲高い声で話した。内牧は吃驚して鎌を放して逃げ出す。

藪を掻き分け村へと下る山道が見えた。内牧の足が止まる。

目の前にもう一匹の河童が居た。後ろからは斬り付けた河童が鳴き声を上げながら追ってくる。

内牧は山の上に続く道へと逃げた。後ろからやつらが追ってくる気配がする。

『ギェギェゲッゲッ、キッタ、キタ、オラキタ、アイツキタ、ゲッゲッギェーッ』

甲高いサルのような鳴き声と共に人の言葉のようなものが聞こえる。

内牧は山頂近くの大きな松の木を目指した。

何度か登ったことのある立派な大木だ。小さな山で道は登ってきた一本しかない、どこかでやつらを撒かないと帰れない。松の木に着くと、内牧はするするとサルのように登った。

何度も登り慣れているので手馴れたものである。大きな枝に腰掛けると背中のリュックに入れていた水筒を取り出し一口飲んだ。

河童たちが来るのが見えた。二匹いる。

水筒をリュックに仕舞うと、替わりにトンカチを取り出した。予備の武器として持って来ていた物である。

『ゲッゲゲッ、ギェギェギェ、ギェギェギエェーッ、ゲギェーッ』

しばらく辺りをうろうろしていた河童が木の上の内牧を見つけて甲高い叫びを上げた。

二匹の河童が松の木を囲む。松が大きく揺れ、内牧は必死にしがみ付いた。どこにそんな力があるのか、小さな体の河童たちが太い松の大木を揺すっていた。

幸い河童たちは木に登れないようである。内牧は落とされないように必死にしがみ付いた。
どれくらいしがみ付いていただろうか。河童たちは諦める気配がない。日暮れになり辺りが薄暗くなる。急に木の揺れが止まった。

内牧が見ると河童たちが慌てて逃げていく。

「どうなっちょる。なんかの罠か？」

内牧が首を傾げ呟いていると、近くの藪がガサゴソ揺れて犬が出てきた。
野犬だ。三匹の野犬が藪の中から現れた。河童は犬を恐れて逃げたらしい。

「犬か……河童よりはましやが厄介やぞ。どうすっか……そうや、どうせ腹減っちゅう」

犬を見てしばらく考えていたが、リュックにトンカチを仕舞うと替わりにスナック菓子の袋を取り出した。
大食漢の内牧はいつも二袋くらい菓子を持っている。
今日は河童に追われて二袋とも開けていない、それが幸いした。二袋あれば三匹の犬を充分引き付けることができる。

野犬は怖い、群れると人を襲う。だがいつも餓えているので食べ物があればそれで気を引き付け、その間に逃げる事ができるのだ。

「チッチッチッ、ほーら、ほら、腹減っちゅうに、菓子やるきぃ」

木の一番下の枝まで降りると、内牧はまず一袋開けて菓子を少し撒いた。犬は直ぐに寄って来て菓子を食べる。三匹とも食べるのを確認すると内牧は一袋全部を遠くに撒いた。考えて行ったのではない、野犬が怖くて近寄らないように、できるだけ遠くへ撒いただけだ。

犬が夢中になって菓子を食べ始めたのを見て木から降りる。もう一袋の菓子も開けて同じようにバラ撒くと犬を刺激しないように静かに後退り、犬が見えなくなってから脱兎の如く走り出した。

沼の近くまで逃げてくると一旦立ち止まり、リュックの中からトンカチを取り出して握り締めた。

河童が居たら戦うしかない、上には野犬が居る。逃げ場はもうないのである。

覚悟を決めた内牧が警戒しながら沼の近くの山道を下って行く。河童は居なかった。よほど野犬が怖いのだろう、大の大人でも怖いのだから仕方がない、内牧は一人納得して無事に家に帰り着いた。

その日の深夜、内牧が寝ているとコツンカツン音がする。

何の音だと耳を欹《そばだ》てていたら音は窓から鳴っていた。

『コツコツ、カツカツ、コツーン、カツカツコツーン、コツコツカツーン』

窓の外に誰かいるらしい。田舎の大きな窓に小さな影が二つ見えた。子供の頭のように見える。両腕を上に伸ばしてカツカツと窓を叩いていた。

やつらが来たんか？　布団から出ると机の横に置いてあるバットを握って窓へと近付いた。

窓の外で二つの影がガラスを叩くのを止めた。内牧が近付いてみると、帽子を被った子供が立っていた。山で失った内牧の帽子である。一番大事なお気に入りの帽子だ。

「俺の帽子……誰や？　帽子持って来てくれたんか？　すまんのぅ」

誰かが届けに来てくれたと思い内牧は喜びながら窓を開けた。

単純な内牧はお気に入りの帽子を見ると河童のことなど忘れてしまったようである。

『ギェギェギェ、キタ、キタ、オマキタ、オラキタ、オラキタ、ゲェゲェゲェ』

窓の下で河童が甲高い声を上げた。

一匹は内牧の帽子を被り、もう一匹は右肩に赤黒い血の塊をベッタリと付けて、左手に鎌を持って立っていた。

「うひぃぃーーっ、かっ河童じゃぁ～！　来んな、誰も呼んどらん！　おんしゃあ勝手に来たんやろが、何が来たや、来んな、呼んどらんきに、来たら殴り殺すぞ！」

驚きの声を上げながら窓の外目掛けてバットを振り回す。

河童たちは俊敏な動きで避けながら甲高い声で叫ぶ。

『キタキタ、オマキタ、オラキタ、オラをキタ、キッタ、じゃけオラがオマ斬る。オラが斬る。ゲェゲェゲェ、ギェギェ、キタ、斬った。オラを斬った。ギェギェエーッ』

帽子を被った河童が内牧のバットを掴んで引っ張る。

バットを握ったまま内牧が窓から上半身を引っ張り出された。

「うわあぁあぁ〜〜、ひぃーっ」

咄嗟にバットを放し部屋に尻餅をついて座り込んだ。

すぐ目の前の木で出来た窓枠に鎌の刃が食い込む、続いて窓枠に小さな手が四つ掛けられた。

入ってくるつもりや、来たじゃなくて斬ったや、やつら俺を斬りに来たんや、仕返しに来たんや……、河童の言葉の意味が分かって内牧はぞっとした。

窓から河童の頭が上がってくる。窓枠に腕をついて登ってきている。

「うわあぁあぁ〜〜」

窓枠に腕をつき上半身を部屋に入れた河童と目があった。

ぬめっとした灰緑の皮膚、少し突き出た口、白目のない濁った茶色い目玉、その口元がニヤリと嘲《あざけ》るように曲がった。

『ウウーッ、ウワォン、ウワアォン、ワンワン、ウーッウワァン、ウワァアン』

河童たちが部屋に入ってくるかというその時、飼い犬の太郎が唸りを上げて吠えた。

太郎は番犬として玄関前に繋がれている。太郎の唸りを聞くと、河童たちは飛び跳ねるように逃げて行った。内牧はその場にへたり込んで太郎の吠え声を聞きながら気絶した。


次の日、開け放たれた窓枠に突き刺さっていた鎌、その近くに落ちていた帽子を見て、内牧は昨晩のことが夢でないことを確認した。

「太郎、お前が助けてくれたんやな、おーよしよし、やつら犬が苦手なんや、太郎の声で逃げて行っちょった。二匹だけや、河童は二匹しか居らんちゃ」

雑種犬、太郎の頭を撫でながら内牧は考えた。

河童たちは二匹だけ、犬が苦手で一匹の犬にも慌てて逃げる。鎌で血が出たのだ。傷付けることができるなら殺すこともできるはずである。

「あいつら俺を殺す気や。また来たら……やられる前にやっちゅう！　こっちには太郎が居る。相手はチビ二匹や。太郎が一匹相手しちょる間に俺が一匹やればいいんや、一匹なら怖ないけぇ、鉈で叩っ斬ればいいんちゃ」

相手の弱点が分かると元来の粗暴な性格が鎌首をもたげる。弱いものにはとことん強くでるのが内牧だ。

河童を捕まえれば死体でもみんなに自慢できる。俺をバカにしたやつを見返せる。太郎が居れば大丈夫、今度は鎌じゃなく鉈を使う。本気で殺すつもりであった。

飼い犬の太郎を連れて、その日からまた内牧は河童を求めて沼に通った。

あの晩以来河童は家にはやってこない。沼でも見つからない。犬に恐れをなして逃げたのかとも思った。それでも内牧は毎日通った。

一ヶ月ほど経った少し肌寒い十月の初めごろ、やっと河童を見つけた。

日暮れ前、太郎を連れ沼に続く道を歩いていると、その前に河童が現れたのである。

内牧は太郎をけしかけ腰の鉈を抜いた。

「待たんかい河童ーっ、おんしゃあ、この前はようもやってくれたの、何が斬ったじゃ、そんくらいですんで良かったと思わんかぁ、今日は殺しちゅうけに、覚悟しいや」

河童が藪に逃げる。太郎が追う。その後を内牧が大声で叫びながら続いた。
太郎の吠え声を追っていつの間にか沼まで来ていた。
『キャイン、キャイン、キューン、ヒーンヒーン、キャイン、キャーーン』
太郎の吠え声が悲鳴に変わる。
内牧が慌てて駆けつける。
「たっ、太郎、あぁぁ、あいつら太郎を……」
沼の真ん中辺りで太郎が溺れていた。その頭と背に河童がしがみ付いている。
太郎が沈んでいく、内牧に気付いた河童が物凄いスピードで泳いで来た。
「うわあぁあぁ、ひぃぃーーっ」
内牧は太郎を見捨てて逃げ出した。
家に帰り着いた頃にはもう日は暮れて、辺りは薄暗くなっていた。

慌てる内牧の様子に丁度帰ってきた父が声を掛けた。

「健司なにしちゅう。太郎はどうした？　おんしゃぁ連れてったろ」

「河童や！　河童が沼に太郎を引きずり込んだ。太郎は死んだ、河童が殺したんじゃ！」

父の顔を見て安心したのか内牧が捲くし立てるように言った。

「なにが河童や、太郎を山においてきたんか。べこのかぁ《バカたれが》！　ちゃっちゃと探して連れてこんか」

「嫌じゃ！　今行ったら河童に俺も殺される。本当に居るんや、河童や！」

父は玄関先に荷物を置くと内牧の腕を取って歩き出す。

「嫌じゃ、嫌じゃ、河童に殺されるぞ、今行ったら殺されるんや」

半狂乱で暴れる内牧を殴りつけると父は一人で山に入って行った。内牧は泣きながら逃げるように一人で家の中へ入る。

一時間ほどして父が帰って来た。少し遅い夕食を食べながら内牧を呼んで話をする。

「こんバカが！　沼にも太郎おらんかったぞ、暗うてよう見えんかったけん、今晩帰ってこんかったら朝もう一度探しに行く。おんしゃあもだぞ、なにが河童じゃ、そんなもん居るか、沼を一周したがカエル一匹居らんかったわ」

内牧は小さくなって頭を垂れた。すぐに手を上げる父には逆らえない。無言で頷くと自分の部屋へと戻った。

結局太郎は帰らず、翌朝早くに家を出た内牧と父は沼に浮かんでいる太郎を発見した。父が胸まで水に浸かりながら太郎を引き上げる。太郎の体には釣り糸がいくつも絡まっていた。古い物から新しい物まで無数の釣り糸が太郎の体をグルグル巻きにしていた。

「なんや？　釣り糸が何で太郎に巻きついちゅう、誰もこん沼じゃ釣りなんかせんに。ん？　カメの甲羅か、他にもついとんの。こりゃ、おんしゃあか健司、おんしゃの仕業か？」

太郎に結び付けられていた釣り糸を見つけて父が睨む。釣り糸は、内牧が小鳥やカメを生きたまま沈めるのに使っていたものである。

「おんしゃぁやな、こんなことするんはお前しかおらん、バカか、おんしゃあ！　太郎も殺したんか」

日頃の内牧の行状を見ていれば分かることである。

太郎のことも内牧の仕業と思い、言い分も聞かずにその場で滅茶苦茶に殴りつけた。

「ちっ、違う、太郎は違う、太郎は俺じゃね、河童が殺したんや」

「おんしゃぁーっ！　まだそんこと言うか！　河童なんか居るか、全部お前がやったんやろが。太郎に謝れ、太郎が許してくれるまで、土下座して謝れ」

内牧の言葉に父が切れた。

殴る力がさらに強くなる。鼻血を出そうが、ふらついて倒れようが、容赦なく殴りつけた。

父は何も切れたから殴りつけたのではない。ここで内牧を躾けなければ、将来とんでもないことを起こすかもしれない。命がどういうものか教える必要があると思ったからだろう。

散々殴りつけた後、太郎の前で土下座をさせた。

「太郎ゴメン……ごめんなさい、太郎許して、もうこんなことしません」

内牧は言われるがままに額を地面に擦りつけ、太郎の亡骸に謝る。

〝ドブォーン、ドボ～ン〟

父の後ろで大きな水音がした。

「ひぃひぃーっ」

そっと顔を上げた内牧が悲鳴を上げる。何事かと父が後ろを振り向く、何もない、ただ大きな波の輪が二つ水面を揺らしていた。

「かっ……太郎ごめんなさい、許してください」

前に向き直った父を見て内牧は河童と言いかけて止めた。

父がまだ怒っていたからである。だが確かに内牧は見た。沼の中から頭を出してニタリと笑った河童たちを確かに見たのである。

しばらく土下座をさせられた後、太郎を抱えて内牧は帰った。

家でも父にこっぴどく叱られ、以後山で遊ぶことを禁じられた。もちろん生き物を殺すこともだ。破ると父が容赦なく殴りつけた。

唯一味方であった祖父も、内牧が山で生き物を殺していた話を聞くと、ここで躾けなければ将来が心配だという父に口出しはできなかった。

あれで納得したのか河童は二度と内牧の家に来る事はなかった。

それからしばらくして、内牧一家は大阪へと引っ越したのだという。

以上が内牧健司さんが語ってくれた少年時代の河童の話である。

河童の手だと言い張るミイラを手に入れたのは内牧が大人になってからだ。

今から三年前、三十四歳になった内牧が大阪から久しぶりに四国高知の故郷に帰った。

祖父が亡くなってから実家は伯父家族が住んでいた。父の仕事の都合で内牧が大阪に引っ越して四年後、年老いた祖父の介護もあり四国で仕事を見つけると伯父夫婦が戻ってきたのだ。

粗暴な内牧は伯父にあまり好かれていなかったので、祖父が死んでからは実家には滅多に帰らなくなっていた。

久しぶりに行った実家周辺はすっかり変わっていた。大きな道路がいくつも通り、あの山にも舗装された道路が通っていた。

帰省する途中の道路から小さな沼が見えた。内牧が河童を見た沼である。

内牧は懐かしくなって実家に着くと早々に足を運んでみた。

「随分変わっちまったな、昔は砂利道だったのに山の上には公園まで出来てらあ、草ぼうぼうだったのにな、ここからあの松の木が見えちゃあ、これじゃ河童ももういないよな」

あれだけ怖い目にあったのに懐かしそうに沼を見つめながら一人呟いた。

沼は周りの草を綺麗に刈り取られている。

山の頂上の公園と共に定期的に管理されているらしい。鬱蒼とした木々と藪に囲まれて薄暗く、如何にも何か出てきそうだった沼はすっかりただの溜池に変わっていた。

「本当に見たんだよな河童、太郎も河童に殺されたんだ。それを親父のやつ、俺が殺したみたいに殴りやがって。クソッ、思い出しても腹立つ、クソックソックソッ」

文句を言いながらそこらにある石を沼に投げ入れた。

大人になっても粗暴さはなくなっていない。むしろ、切れると手が付けられなくなっていた。

しばらく石を投げていたが、そのうち気が済んで舗装された道を下って行った。

〝ドボォ～～ン〟


帰ろうと道を下っていると沼から大きな水音が聞こえてきた。

内牧が慌てて沼に走ると、大きな波の輪が一つ水面に広がっていた。

「河童ぁ～～っ、居るんか？　俺じゃ、昔鎌で斬りつけた俺じゃ、内牧健司じゃ！　あんときゃ悪かったの、俺もガキだったたんで許してくれや、じゃあな」

内牧は沼に向かって大声で叫んだ。叫んだ後、まるで自己紹介だと一人笑った。

様変わりした故郷に気落ちしていた気分が少し和らいだ気がして元気に帰っていく。

「あーっ、まただ。あの猫どもまたウンチしちゅう」

「伯母ちゃんどうしたと？　糞か、猫やな、昔は昼間は犬放し飼いしちょったから猫なぞこんかったのう、今は放し飼いすると煩いからな」

庭で伯母がスコップで猫の糞を取っていた。

伯父と違って伯母は昔から優しいので内牧も好きである。内牧は猫の糞取りを進んで手伝った。

「健ちゃんありがとな、猫毎日来るんで困っちょるんよ、うちのゴンが吼えても鎖付いとんの知ってんのか平然としちょるわ、ほんま腹立つ猫じゃわ」

家に入りながら伯母が愚痴を言う。内牧は苦笑いしながら伯母に続いて家に入った。

夕食を食べ、伯父と少し話をした後、今は物置となっている昔使っていた部屋に入って休んだ。使わなくなった箪笥や机が並んである隙間、窓際に布団が敷いてある。客間ではなくこの部屋が落ち着くと内牧が頼んだのだ。伯父たちは両親と宴会である。

次の日、内牧は庭で猫を捕まえた。困っている伯母の力になりたかったからである。

捕まえた猫をどう処分しようと考えていると、ふと頭に沼が浮かんだ。

「痛めつけただけじゃこのまま逃がしてもまた来よる。処分すんのが一番や」

納屋から縄を持ってくると猫を抱えて沼へと向かった。

沼に着くと鳴き叫ぶのも構わず、猫に大きな石を縛り付けて放り込んだ。

内牧は大人になっても常識や分別という物が分からなかった。それが伯父に嫌われている原因だということにも気付いていない。

「河童～っ、猫やるけん可愛がってやれや、うへへへっ」

猫が沈んだのを確認すると大声を出して楽しそうに笑って帰って行った。

『コツコツ、カツカツ、コツーン、カツカツコツーン、コツコツカツーン』

その日の晩、内牧が寝ていると音で目が覚めた。昔の記憶が蘇り、咄嗟に窓を見つめる。小さな影が見えた。腕を伸ばして窓ガラスを叩いている。

『イランイラン、ネコイラン、ケンジカエス、ネコカエス、イラン、ネコイラン』

窓の外から聞き覚えのある甲高い舌足らずな声が聞こえた。河童の声だ。

内牧は体を強張らせて布団に包まって気付かない振りをした。

河童は自分からは入ってこれないみたいである。しばらくして声と窓を叩く音が聞こえなくなった。伯父の飼い犬、ゴンの吠え声が代わりに聞こえてくる。犬に驚いて河童は逃げたらしい、内牧はそのまま眠りについた。

朝、内牧が窓の外を見ると雨も降っていないのに窓の下に水溜りが一つ出来ていた。

「やっぱ来たんじゃ、一匹か？　昨日の水音も一つやったし、河童一匹ならどうとでもなるな、昔と違ってガキじゃないし。へへっそうやな、河童捕まえたら有名になんぞ」

その晩、内牧は納屋から鉈を持ち出すと枕元に置いて寝た。

『イランイラン、ネコイラン、ケンジカエス、ネコカエス、ネコイラン、オマコロシタ、ネコシズメタ、ケンジがコロシタ、ネココロシタ』

深夜窓に影が立った。

待ち構えていた内牧は直ぐに起きて窓に近寄る。そっと覗くと月明かりに照らされた化け物が立っていた。

以前見た河童とは違う、びっしょりと濡れて灰黒い泥を被ったような姿の河童より小さい化け物である。その目がらんらんと光っていた。

内牧は窓を開けると同時に、その化け物目掛けて素早く鉈を振り下ろした。

『ギィギャーッ、ニギャーッ』

手応えがあった。化け物は叫び声を上げると逃げて行った。
内牧が窓から身を乗り出して辺りを見回す。
窓の下にどす黒い小さな腕が落ちていた。内牧は窓から外へ出るとそれを拾って糸でくくると窓枠に吊るした。

「なんじゃ、河童じゃないんか、あの糞猫化けて出てきやがったんか、次来たら頭落としちゃるけん、あーっ、河童もう居ないんかな」

翌朝、泥だらけの化け物の腕を洗ってよく見ると猫の腕であった。
内牧は日の当たる庇の上に腕を置いて乾かすことにした。

その日の深夜、窓辺に影が立った。

『キタキタ、オマキタ、マタキタ、ネコキタ、オマえネコキッタ、ネココロシタ、ゲェゲェ、ギェギェ、キッタ、コロシタ、キッタ、健司斬った。じゃけオラも斬る。健司殺した。じゃけオラも殺す。ギェギェギェ、ゲェゲェゲエーッ、キルキル、コロスコロス、ゲェゲェゲェ』

鉈を持ってそっと窓に近付いた内牧の足が止まった。

「うぅーっ」

息を吸い込むような低い唸りを上げた。
窓の外に三匹の影があった。一匹は昨日の泥の化け物で後の二匹は昔見た河童である。
泥の化け物の爛々と輝く目と河童の茶色く濁った目が内牧を睨んでいた。
内牧は布団のある所まで下がる。部屋には入って来られない、それだけが頼りであった。
泥の化け物が片方しかない腕を持ち上げてクルクルと回した。立て付けの悪い窓がガララと擦る音を出して開いていく。

「うわあぁあぁぁぁあぁ〜〜〜」

内牧が絶叫した。泥の化け物と河童が内牧の体に覆い被さる。

『ニャギャギャーッ、コロシタ、コロシタ、ケンジ殺した。健司コロス』

『ゲェゲェゲェ、キタキッタ、オマキタ、また斬った。オラも斬る。斬ったから斬る』

三匹の化け物が逃げ暴れる内牧に纏わり付く。

「ひぃぃぃーっ、知らん俺は知らん、ひっ、ひへっひへへっ、ひぃひぃーっ、ひへへへっ」

深夜、内牧は半狂乱で暴れているところを父と伯父に取り押さえられた。

内牧は大阪に帰った後も激しい雨が降ると窓辺に立つ影が見えると言って怯え、パニックを起こして暴れた。内牧が指す窓を見ても何もいない、激しく雨が降っているだけである。

化け物は怖かったが、河童の手のミイラは捨てなかった。手を取り返しに来ているとは考えない、斬り付けた仕返しをしに来ているだけだと思っていた。それに河童でなくとも化け物がいた証拠だと考え、自慢できると思っていた。怖さより人に自慢できるという欲が勝って手のミイラは大事に持っていたのだ。

激しい雨が降る度に内牧の言動はだんだんおかしくなっていく。

「ひぃーっ、河童が来る。俺を斬りに来るんじゃ、河童じゃ、泥の化けもんじゃ、ひぃ、ひぃーっ、俺は知らん、なんも知らん、来るな、ひぃひぃひぃーっ」

一際激しい雨の降るある夜、暴れる内牧が包丁を両親に突き立てた。幸い両親は怪我だけで済んだが、その事件が元で内牧は磯山病院へと入れられたのである。

「だからな、これは猫の手かもしれんがただの猫の手じゃないんや。河童から斬った手や、化け物の腕なんや、河童の手なんじゃ、化けて出てきてもこれだけは渡さん、これは証拠や、俺の宝物やからな、にへへへっ」

内牧は話し終わると木で出来た粗末な箱の中の干からびた猫の手のミイラを見せると、満足げにニヤッと笑った。

哲也は少しガッカリとした気分で部屋を後にした。内牧も自分が持っている手のミイラを猫のものだと認識していた。全部作り話かもしれないと落胆したのである。

ある雨の日、夜になって雨脚が強くなった。

「ひぃーっ来おった。河童じゃーっ、ここにも河童が来よったんじゃ、ひぃひぃぃーっ」

「内牧さんしっかりしてください、大丈夫ですよ落ち着いて、大丈夫ですからね」


半狂乱で暴れる内牧を哲也と看護師とでどうにか押さえた。

部屋の窓に河童の影が立ったのだという、何かの見間違いだろう、内牧の部屋は三階である。哲也は念のため窓の外を確認した。頑丈な柵が付いているので頭を出して見渡すことはできない。顔を半分出して見たが何もいない、そもそも足場がない、ここに立つことは不可能だった。

哲也の説明で納得したのか内牧はベッドに戻ってくれた。看護師が普段は閉めない分厚いカーテンを閉めて窓を見えなくする。その日はそれで問題なく終わった。

翌日も続けて雨が降った。昨晩よりも激しく降ってきたので哲也は心配になって深夜巡回警備の仕事を早めに済ますと内牧の部屋へと向かった。

部屋からボソボソと声が聞こえてくる。ドアの前で哲也は耳を澄ました。

『カエセカエセ、返せ手返せ、健司返せ、コロシタ、コロシタ、猫殺した。キタキッタ、オマ斬った手斬った』

哲也は内牧の話を思い出してぞっとした。同時に心配になりそっと扉を開けて中を覗くと内牧がベッドに上半身を起こして一人でブツブツ話していた。独り言である。暗い部屋の中で内牧が一人で返せ返せと奇妙な声で話している。

「内牧さん大丈夫ですか」

振り向いた内牧の目が光に反射する猫の目のように爛々と輝いていた。

『ニャギャギャ～～～ッ』

奇妙な声で一声鳴くとベッドに倒れ込んだ。

ベッドの上で体をビクッビクッと大きく痙攣させている内牧を見て哲也が駆け寄る。

「内牧さん！」

哲也は直ぐにナースコールのボタンを押した。恐怖もあったが体が自然と動いた。

その時視線を感じてふと窓を見る。

一匹の猫がじっとこちらを見ていた。全身ずぶ濡れの猫だ。その右腕の肘から先がない。哲也の体が硬直して動かない。しばらく猫と見つめ合っていると看護師が駆けつけてきた。

我に返った哲也が状況を説明する。猫はいつの間にか消えていた。

看護師に後を引き継ぐと、哲也は窓に駆け寄った。

ここは三階、窓には頑丈な柵。猫が足場にできる物は何もない。下の階の窓の庇は一メートルくらい下にある。庇に猫が居たとしても窓に映るはずがない、そもそも片腕のない猫が登ってこられるわけがなかった。

ではあの猫はなんだったのだろう？　確かに哲也は見たのだ。恨めしそうにジーっと見つめていた猫を……。


内牧は体には別状はないが正気に戻ることはなかった。まともに話すこともできなくなって重症患者病棟へと移されて行った。

先生は何かのショックで脳器質性障害が併発したのと、心に何か問題を抱えていたのだろうと言っていた。

彼は本当に河童を見たのかもしれない、だが今回彼のもとに現れたのは河童ではなく彼が沼に沈めて殺した猫ではないだろうか。

猫の幽霊が本当に居たのかは分からない。願わくば内牧の幻覚であって欲しいと思う。自分が殺した猫の幻覚に苦しめられるのなら、彼の中に猫を殺したことに対する慚愧《ざんき》があるということだから。

幼少の頃から粗暴で弱者を苛めてきた内牧。それは障碍《しょうがい》のためにどうしても暴力衝動が抑えられなかっただけで、心の奥底には優しさがあったのだとしたら。河童は、生き物の命を奪ったことに対する彼の慚愧の念が作り出した幻覚だとするのなら、少しは救われるような気がした。

しかしそうだとして、全て幻覚だったなら、哲也が見たあの猫はなんなのだろうか？　内牧の幻覚を哲也も見てしまったのだろうか……。

哲也には答えが出せなかった。

第六話　夢

哲也は夢を見た。不思議な夢であった。

夢の中で夢を見るという話は聞いたことがあるだろう。夢の中に更に夢の世界があり、本来の夢が現実のように思えてしまう、今見ているものが夢なのかそれとも現実なのか、分からなくなるような夢だ。


夢というものは不思議である。本人にとって見ている間は現実と変わらない、どんな突拍子もない夢もその夢の中では現実と同じように感じる。

偉い学者さんたちは脳が記憶を整理しているのが夢だと言う。しかし全ての夢がそれで説明できるかというとそうではない。知らない場所を夢で見て後でその場所に行って吃驚したり、未来の出来事を夢で予行演習したりすることもある。いわゆる予知夢というやつだ。心配事や気になっている事を少しでも緩和しようと寝ている間に脳が働いているだけなのかもしれないが、哲也が見た夢はどうもそのどれにも当たらなさそうなのである。

哲也が見た夢は、ある患者さんの夢と同じものであった。ただその患者というのも会ったことのない人だった。何故なら、哲也が夢で見た五日後にこの磯山病院へ入って来た人だからである。会ったこともない人に夢の中で会い、その後に現実でその人に出会った。そんなことが起こったのだ。

哲也が初めてその夢を見たのは、蒸し暑くて古いエアコンがウーウー唸って寝苦しい夜のことだ。

夢はいつも唐突に始まる。と言うか途中から、もしくは途中までしか覚えていない事が多い。その日見た夢もそうであった。

夢の中、哲也は一人で街中を歩いていた。知らない場所だ。左右に店が並んでいる道だ。一方通行なのか一車線の道路なのだが走っている車はなく、歩行者は友人と横に並んだり、ふざけあうグループが居たり、好き勝手に歩いている。

暫く歩いていると胸の辺りがざわついてきた。向かい、十メートル先から歩いてくる女性が気になった。

「あいつだ、あの女が悪いんだ。全部あいつの所為なんだ。殺してやる。殺してやる」

後ろから声が聞こえてきた。

振り返ろうとした哲也の脇を男が駆けていく。

「なんだ？」

呟く哲也を追い抜き、背を向ける男の右手に、キラッと光が見えた。

次の瞬間、女の悲鳴が聞こえた。

「きゃあぁあぁあぁーーっ」

哲也の目の前、男がドライバーで女を刺したのである。

「きゃあぁーっ、誰かーっ、助けてっ！　いやっ、いやぁあぁーー」

悲鳴を上げて逃げる女を男が追いかけ、道路に押し倒すと、腹など所構わず執拗に何度も刺している。

傍に居た通行人たちが悲鳴を上げて逃げ出した。

「ヤバい！　なっ、体が……」

哲也は女を助けようと思ったが、何故か体が動かない。

興奮した様子の男が女の首筋にドライバーを突き立てた。

「ひひっ、やった……やったぞ、これでいいんだよな、これで……」

鮮血が飛び散る中、成し遂げた恍惚の表情をして男が刺す腕を止めた。

その向こう、悲鳴を上げて逃げ惑う通行人たちの後ろで、影のような女が凄惨な現場を見てニヤニヤと楽しげに笑っている。

「うわぁーーっ！」

哲也は全身にびっしょりと汗をかいて飛び起きた。夢だったのである。

バクバクと激しく動いていた心臓が次第に落ち着いてくる。怖かったが夢だと分かり、安心して頭を枕に戻した。

いつの間にか寝てしまい、また夢を見た。

哲也は街中を歩いている。向かいから、ぶつぶつ言いながら男が近付いてきた。真っ直ぐ近付いてくる男を避けようとした時、脇腹に激痛が走った。

「きゃあぁあぁーーっ」

哲也は女のような叫びを上げて逃げた。
脇腹が痺れるように熱い。男が何かで刺したのである。

「お前が、お前が悪いんだ。殺してやる。殺してやる」

男が追って来て哲也を押し倒した。
腹や太腿に激痛が走る。男が何度も刺してくる。
哲也は助けを求めようと辺りを見た。
道路の向こう、ニヤリと笑う女がいた。あの、影のような女だ。

「わあぁあぁーーっ」

哲也はシーツを握り締め、絶叫しながら目を覚ました。

これも夢だ。

胸がドキドキ激しく鼓動していた。枕元の時計を見るとまだ深夜の二時である。

哲也は一度起きるとタオルで体の汗を拭き、テーブルの上に置いていたペットボトルのお茶を開けてガブ飲みするとまたベッドに潜った。


哲也はまた街中を歩いていた。今度は隣に可愛い子が一緒だ。哲也に恋人は居ない、だが隣の美人は親しげに話し掛けてくる。哲也も楽しそうにそれに答えていた。

この女性、どこかで見たことがあった。哲也が思い出そうと首を傾げた時、目の端に向かいから近付いてくる男が映った。

「裕子さんこっち、前の人急いでるみたいだからね」

なぜか自然と彼女の名前が口から出た。哲也は咄嗟に裕子の腕を引っ張った。

急に引っ張られて裕子は哲也に体を預けるように抱き付く格好になる。

「チッ、なんだよ、まあいい、次だ、次……」

脇を通る男が怒りのこもった目をして呟いた。その右手がキラリと光った。哲也が目を凝らす。男の手の中でマイナスドライバーがギラッと光っていた。

哲也はハッと息を呑んだ。

夢の中で裕子さんを刺していた男だ……。あの男も隣の裕子も夢で見たのを思い出した。同時に薄気味の悪い影のような女が頭に浮かぶ。

哲也は素早く辺りを見回した。いた。影のような女がじっと見つめている。なぜか気になった哲也は女の所へ行こうとした。女がニヤリと薄気味の悪い笑みをした。

眩い光と共に哲也は目を覚ました。これも夢だ。また変な夢を見たなと起き上がる。

喉の渇きを覚え、テーブルに置いてあったお茶の残りを飲もうと伸ばした手が止まった。

お茶が減っていない。確かに深夜二時ごろペットボトルを開けてガブ飲みしたはずだ。しかしテーブルの上にあるお茶のペットボトルは蓋の封も切れていない新品のままであった。

タオルを見た。体を拭いて適当に放ったタオルがベッドの頭の柵に綺麗に掛けてある。

全て寝る前のままであった。全部夢だったのである。

体を拭いたりお茶を飲んだりしたのも全て夢だったのだ。夢の中で夢を見ていたのだろう、夢の中で見た夢も一つと考えると哲也は一晩で三つも夢を見たことになる。

しかし全てが繋がっている一つの夢のような気もする。哲也はしばらくベッドに腰を掛けて呆然と考えていた。

以上が哲也が見た不思議な夢だ。

このあと数日、同じ夢を何度も繰り返し見ることになる。

夢の中で見た彼女、内海裕子《うつみゆうこ》がこの磯山病院に入院してきたのはそんな時だ。

内海裕子、彼女は強迫性障害が激しく、夜中に暴れるとのことで、心配した両親が磯山病院へ連れて来た。

通院して薬による治療をしても変化がなかったので、しばらくの間入院させて様子をみましょうと先生が提案し、入院することとなったのだ。

哲也は彼女を見て驚いた。ここ数日間夢に出てきた女性にそっくりだったからである。それどころか裕子と言う名前まで同じだ。

「ああーっ！　哲也君、哲也君だ。じゃこれも夢なの、ねぇ哲也君」

哲也の名を呼びながら内海裕子が抱き付いてきた。

吃驚したが正直嬉しかった。裕子が美人だったからである。

「裕子さん、ひょっとして裕子さんも夢を見たんですか？」

抱きついたまま哲也の胸元で裕子がうんうんと頷いた。

間違いない、夢で隣にいた裕子である。

「男が……男が襲ってくるの、哲也君が助けてくれるんだよ、凄く怖い夢……でも哲也君が助けてくれたの」

「やっぱり同じ夢だったんだ……。僕も夢の中で裕子さんに会いましたよ、でもこれは夢じゃないですよ、今は現実ですよ」

彼女も哲也が出てくる夢を見ていた。

「現実……本当に夢じゃないんだね、本物の哲也君なんだね。そうだお礼言わなきゃ、哲也君いつも夢で守ってくれてありがとうね。私凄く怖かったの。でも哲也君が夢に出てきてから怖くなったよ、哲也君が守ってくれたから。本当にありがとう」

慌てて哲也から離れると、裕子は恥ずかしそうに頭を下げた。夢だと思って大胆に抱き付いたのだろう。現実と知って周りの視線が気になったようである。

「どう致しまして、でも吃驚だね、夢の中で会った人が現実にいるなんてさ」

哲也も照れながら答えた。

旧知の仲のように話す哲也と祐子を看護師が目を丸くして見ていた。

二人は場所を変えてレクリエーションルームへ行き、お互いの夢のことを確認するように話し合った。

先生が強迫観念で入院と言っていた意味は直ぐに理解した。彼女は毎日夢の中で残忍に殺される夢を見ていたのである。

裕子は去年から急に怖い夢を見るようになったと言う。初めは後ろから突き転ばされたり殴られたりするだけだったのが、次第に何かで刺されて怪我をするようになり、最後は殺される夢に変わったらしい。夢の中で自分が死んでいくのが分かるのだと言って震えた。夜中に目を覚まして、怖くて半狂乱になって暴れたのだと涙を流しながら話してくれた。

死にそうになる夢や殺されそうになる夢は誰でも見たことがあるだろう、だが大抵は死ぬ寸前で目が覚めるものである。夢の中で痛みなどを感じると直ぐに目を覚ます。しかし彼女の夢は覚めない。刺された痛みと自分が死んでいく感覚を味わわされてから目が覚めるのである。こんな夢を毎晩見れば誰でもおかしくなるのは当然だ。

だが、磯山病院に入院が決まった数日前から、夢の中で彼女を助けてくれる人物が現れたのだと言う。それが哲也であった。

彼女に言われて哲也はなんだかくすぐったいような気持ちになった。助けたと言ってもただ夢の中の裕子を向かいから来る男から避けるように庇っただけだ。もちろん裕子が可愛いから下心ありで助けただけなのである。

彼女のことが心配になった哲也は仲のいい先生に詳しく聞くことにした。

個人的なことなので初めは言い渋っていた先生も、夢の話をすると興味深く聞いてくれ、他の人には言わないよう念を押された後、特別に話してくれた。

「君が夢の中で内海さんを守れるんなら、ついでに彼女を傷つける犯人を退治してくれないかな。そうすれば内海さんは直ぐにでも治るんじゃないかな」

一通り彼女の病名など難しいことを話した後で先生は冗談っぽくそう言って笑った。

「そうか、そういう手もありますね、でも夢の中まで覚えているか自信ないな、寝る前に暗示かけて寝てみるかな」

「ははははっ、冗談冗談、彼女はすぐに退院できるさ」

先生曰く、裕子は検査入院みたいなものだから、強迫観念の原因が分かり、対処法が決まれば直ぐに退院できるとのことだった。

哲也は少し安心すると先生に礼を言い部屋を出て行った。


不思議なことに裕子に会ってからあの夢は見なくなった。彼女も殺される夢を見ないと言う。これでは何のために入院したのか分からないと言って裕子は笑った。

裕子を助けるために、毎晩寝る前に「あの男を倒す」と念じて、自分に暗示をかけてから寝ている哲也もさすがにバカらしくなって暗示をかけるのを止めた頃、事件が起こった。


哲也と裕子はすっかり仲が良くなって毎日のように会って話をしていた。

ある日、裕子と一緒に食堂に向かって廊下を歩いていると嫌な視線を感じた。ふと振り向いた哲也の目に男が映った。

あの男だ。患者の服を着ているが、夢で何度も見た顔である。

「危ない！　裕子さんこっち！」

哲也は咄嗟に裕子を窓に押し付けるように脇に引っ張った。
男の右手がキラッと光った。何か持っている。

「わぁぁあぁ、お前が悪いんだ、お前がーっ！」

男が喚きながら裕子を狙って走り寄る。
裕子の前に出て庇った哲也の左腕に激痛が走る。男がマイナスドライバーを哲也の腕に突き立てていた。目を剥いて喚いている男は完全に正気を失っている。
哲也はドライバーを突き立てている男の腕を取って力尽くで捻じ伏せた。
裕子を助けたい一心で火事場のバカ力が出たのだろう、周りにいた患者や看護師たちが加勢して直ぐに男は取り押さえられた。

「うぅ、うぅーっ、くそっくそーっ、違う、違うじゃねぇか、夢と違うじゃねぇか！」

男の叫びを聞いて哲也はぞくっとして振り返る。

裕子が真っ青になって震えていた。

「大丈夫だよ、もう大丈夫だよ裕子さん、この男だよね。でももう捕まった、これで大丈夫だよ、良かったね裕子さん」

哲也は裕子を抱き寄せて優しく言った。

「哲也君……ごめんなさい。私のために、ありがとう、本当にありがとう」

「ああこんなの平気さ、僕は警備員だからね、こんなの慣れっこさ、大丈夫だよ」

血に染まった哲也の腕を見て裕子が泣きながら謝る。

哲也は痛さを我慢して作り笑いをした。

その日哲也は一人で遅い昼食を取ることになる。

心配して治療室までついてくるという裕子をやんわりと断って一人で歩いて先生の所まで行っ

た。看護師たちは男の処置と血で汚れた廊下の掃除だ。

何故一人で行ったのか？　それは泣きたいほど刺された腕が痛かったからである。

そんな顔を裕子に見せるわけにはいかない。やせ我慢だ。

哲也を刺した男は前の日に入院してきた患者であった。

酷い統合失調症で責任は問えないだろうと先生が言っていた。保護者が男を隔離病棟へ入れると言うのでそれで納得するしかない。幸い腕の傷はそんなに酷くはなく、二針縫っただけで済んだ。それでも凄く痛かったのだが、見舞いに来てくれた裕子の前では口が裂けても痛いなどとは言わなかった。


哲也はその晩、夢を見た。

裕子と会う前に見ていた夢に現れる影のような女、土色の肌をした痩せこけた女だ。その女が暗闇でケタケタと厭な笑い声を上げていた。

次の日、心配になった哲也はそれとなく変な夢はもう見ないのかと裕子に聞いてみた。

「犯人は捕まったし、哲也君が守ってくれたからもう怖い夢は見てないよ」

裕子が微笑んだ。今まで見たことのない安心したような笑みに哲也もほっと安堵した。

その日の深夜、哲也は飛び起きた。服も着替えずに裕子の病室へと走った。夢の中で影女が裕子の心臓を掴んでケタケタと笑っていたのである。哲也は女性患者用の病室へ躊躇なく入った。

「裕子さん！　くそっやっぱり」

裕子がベッドの上で胸を押さえて苦しんでいた。
哲也は駆け寄ると、直ぐにナースコールを押して裕子の名を呼びながら背を擦った。
裕子が寝ながら苦しんでいるように見えたからである。もしかしてまだ夢の中で影女が心臓を掴んでいるのではないかと思った。

「てっ、哲也君……」

裕子が目を開いた。だがまだ苦しそうに体を丸めている。
看護師が駆けつけて直ぐに治療室へと運ばれた。
原因は不明だが何らかの発作らしい。処置が早かったため直ぐに良くなり、哲也は先生に褒められ、裕子にも礼を言われた。

「裕子さん夢を見たんだね、僕も見たんだ、だから駆けつけたんだ」

次の日、裕子の体調が良さそうだったので聞いてみた。

「変な女が襲ってきたの、どうしたらいいの哲也君……ごめんね、哲也君を頼ってばかりで、でも哲也君しかいないの、私の夢のこと分かってくれる人……ごめんね哲也君」

裕子が泣いていた。やっと安心できると思っていたのにこのショックは大きいだろう。

「僕が何とかするから。だから安心して眠って」

哲也は影の女と戦う決意を固めた。

今回の件は全てあの女の所為と思ったからである。

その晩自分に暗示をかけてから眠った。

夢にあの女が出てきた。

捕まえた男と共に二人で裕子を襲っている。男は影女の子分のように見えた。哲也は女に殴りかかった。

「裕子さんは僕が守る。お前は何者だ。何でこんなことをする。出て行け、裕子さんの中から出て行け、でないとこのまま殴り殺す」

哲也は馬乗りになって女を滅多打ちに殴りつけた。

今まで女を殴ったことなんかない。殴りたくもなかったが、この影女は別である。

影女は実際の女性みたいに腕力では哲也より弱かった。

『ひぃぃ……やっ、やめて……分かった。分かったから………』

怯えを張り付けた引き攣った笑みで答える影女を見て、哲也が手を止める。

「約束だぞ！」

睨み付けながら哲也が放すと影女が立ち上がった。

『ひひっ、ひーっひっひっひっ、くそっ、分かったよ、この女は諦めるさ、その代わりこの男を貰っていくか、ひひひっ、ひひっ、ひっひっひっひっ』
影女は哲也を刺した男を見てニヤリと笑うと夢の中から消えた。
哲也が目を覚ますと、丁度朝日が差し込んできた。

三日後、哲也を刺した男がベッドの上で悶死しているのが発見された。

それを聞いて複雑な心境だったが、これで裕子は大丈夫だろうという確信めいたものもあった。

裕子はすっかり元気になった。変な夢も見なくなった。同時に哲也が夢に出てくる事もなくなったのは少し残念である。

「哲也君ありがとう、私今日で退院するんだ。私を治してくれたのは先生でも薬でもない、哲也君だよ、ありがとう、本当にありがとう」

一週間後、内海裕子はもう大丈夫と先生の太鼓判を押されて退院して行った。

今回の出来事は哲也自身、何が何なのかさっぱり分からない不思議な出来事であった。

全てあの影女の仕業だったとして、ならば女は何者で、何がしたかったのだろうか。全てが分からないままである。もしかすると、現実の世界で自由に他人と接触できるように、夢の中でも他人と接触できるのではないだろうか。他人の夢の中に自由に行き来できる方法があるのではないだろうか。

今回はたまたま哲也が裕子の夢の中に入って行ってしまったのかもしれない、或いは裕子とは以前街中で出会っていて、哲也の好みのタイプだったので記憶のどこかに残っていて、それが偶然夢という形で出て来たのかもしれない。ではあの男は？　影の女は？　いくら考えても答えが出そうにないので哲也は考えるのを止めた。

裕子が元気よく退院して行った。それで全て良しとしよう。

ただ一つ残念なのは裕子が哲也に抱いている感情は恋ではなかった。

裕子は哲也のことを弟みたいに思っていたのである。これは後で分かったことなのだが、裕子には立派な婚約者がいた。

こうして哲也の恋も夢のように終わったのである。

第七話　狸

磯山病院は大きい病院だ。大学病院規模の本館と別館があり、病棟も大きく、普通のものが十に、重症患者用の隔離病棟が三つもある。その規模から哲也の知らない患者がまだまだ沢山いる。

哲也はある面白い患者と知り合った。

山下勝也《やましたかつや》さん二十八歳、彼は大部屋に居たのだが症状が悪化したため個室に移って来た患者だ。彼は鬱でおまけに変身願望がある。

何が面白いかと言うと、山下は自分のことを狸だと言うのだ。それも化けることのできる妖怪の狸だと言ってはばからない。昔人間に化けてそのまま狸に戻れなくなり、仕方なく人間として暮らしているのだと言うのである。

哲也が山下と知り合ったのは、たまたま病室を移って来る時に、山下が葉っぱを籠一杯に入れ、大事そうに抱えている姿を見かけたのが切っ掛けだ。

「何なんです、あの葉っぱ？　大事そうにしてるみたいだけど」

付き添っていた看護師に聞いた。

どう見ても病院の敷地内に生えている木の葉っぱである。珍しくも何ともない、いくらでも手に入る物だ。それを後生大事に抱えている。

「ああ、あれね、あれはねぇ、山下さんには大事な葉っぱなんだよ」

看護師が困ったような苦笑いをしながら山下を個室へと案内して行く、哲也は面白そうだと後をついて行って個室の前で看護師が出て来るのを待った。


「まいったな、こういうのあんまり言っちゃいけないんだよ、でも仕方ないな、そりゃ気になるよね、私も気になったからね、他の人に言いふらしたりしたらダメだよ」

看護師は念を押すと山下のことを話してくれた。

「じゃあ、あの葉っぱは狸が化ける時に使う葉っぱなんですか」

「そうだよ、山下さん頭に葉っぱ乗せてゴニョゴニョ呪文唱えてるよ、見ても笑ったらダメだよ、絶対だよ、お前が笑うから化けるの失敗したんだって噛み付いてくるぞ」

看護師が笑いを堪えながら山下が化ける真似をしてくれた。それを見て哲也は思わず吹き出す。「お前が！」と哲也を指差し、今度は噛み付いてくる真似をする。哲也はさらに爆笑した。看護師も笑いながら廊下を歩いて行った。

哲也はもっと詳しいことが知りたくなって先生のところへ行った。

「前はおとなしかったんだが、最近症状が酷くなってね。化けるんだ、狸に戻るんだってベッドの上で飛び跳ねるんだよ。君も巡回の時など気を付けてあげてくれよな」

非常に珍しいケースだと言う。正直、患者のなかには自分のことを神様とか宇宙人だと言い張る人も沢山いる。動物の真似をする人もなかにはいる。いわゆる狐憑きとかいうものである。だが狸は初めてだと先生は笑った。

これはもう本人に話を聞くしかないと哲也は先生に礼を言って部屋を出た。


哲也はどう山下に話し掛けようか思案する。

いいアイデアが出た。葉っぱである。患者が散歩で出歩けるのは壁に囲まれた病院の敷地だけだ。敷地に生えていない木の葉っぱを手土産にすればいいと考えた。仕事で離れられない哲也は知り合いの看護師に頼んで葉っぱを持ってきて貰う事にした。

二日後、ビニール袋一杯の葉っぱが手に入る。哲也は早速山下の部屋を訪ねた。


思惑は当たった。哲也の持ってきた葉っぱを見ると山下は目の色を変えて喜んで上機嫌でいろいろ話をしてくれた。

初めにしてくれた話は幼い頃、山下が狸だった頃の話である。

「ここだけの話だけどね、私は実は人間じゃないんだ。狸なんだよ。ただの狸じゃないぞ、化け狸様だ。あんたは気に入ったから私の正体をばらしたんだ。誰にも言っちゃいけないよ。もし他の人に言うと狸の呪いで酷い目にあうからね、いいかい言っちゃいけないよ」

神妙な面持ちで話す山下に、哲也は唇を噛み締めて真面目な顔で頷いた。

痛いほど唇を噛み締めていないと、狸の一言で笑ってしまいそうだ。誰にも言うなと言うが、この病院の先生と看護師は全員知っているのだから。

「私はね昔は奈良県の山奥に居たんだ。緑が眩しくてそりゃ綺麗な山だったよ、その山で木の実を食べたりしてのんびり暮らしていたのさ、狸にとって天国だったよ。私は幼い頃から器用でね、そこを天狗様が認められて私に化ける方法を授けてくださったんだ」

「じゃあ山下さんは子供の頃は普通の狸だったんですね。天狗ですか、天狗に化け方を習って化け狸になったんですか、凄いですね」

遠い目をして話す山下に、哲也は大袈裟なほど太腿を叩いて相槌を打った。

力いっぱい叩いた痛みが気持ちいい、狸だけでも凄いのに天狗まで出てきて笑いを堪えるのに必死だったのである。

「そうよ、天狗様よ、あの赤い顔に長い鼻をした天狗様だ。私の先生は天狗様だ。その先生が化け方を教えてくれたんだ。葉っぱをこうやってな、そんで頭の上に置いてな、それから呪文を唱えるんだ。呪文は聞かれちゃいけねぇ。人間にも他の動物にもな。聞かれると化けるのに失敗する。だから口ん中で唱えるんだ」

山下は葉っぱをペロリと舐め唾を付けて頭の上に置くと、胸の前に腕組みをするように手を持ってきてクルクルと回しながら呪文を唱えるポーズを取った。

「へえーっ、それだけで化けられるんですか、じゃ呪文さえ分かれば僕も化けられるのかな」

「バカ言うでない！　呪文唱えてもすぐに化けれるもんじゃねぇ。自転車だってそうだろ、座ったからってすぐに乗れるようになるわけじゃねぇ、それと同じだ」

気に障ったのか山下がムッとした様子で少し声を荒げた。

「早くてまあ十年かかるな、なんでも好きなもんに変化《へんげ》できるようになるまではな。私は三年程で覚えたけど、なんたって天狗様直々の指導だからな」

「十年もかかるんですか、とてもじゃないけど僕には無理です。しかもそれを三年で覚えるなんて山下さん流石ですね」

怒らせてはまずいとお世辞を言うと、山下は機嫌を直した様子で饒舌に話し始めた。

「まあな、先生が良かったからな、じゃ少しその時の話をしてやろう、化ける練習の話だ」

「化ける練習っすか、面白そうですね、是非聞かせてくださいよ」

思わず身を乗り出す哲也に、山下はお茶を一口飲んで上機嫌で続ける。

「よしじゃあ、練習その一だ。初めにするのは石に化ける練習だ。動かない物は化けやすいのだ。こう体を丸めてな、息を殺して数時間じっと動かない、自分は石だと心の中で何度も念じるんだ。自分は石だと、石になったと無の境地になり無機物に変化するんだ」

「石ですか、何となく分かる気がしますね、かくれんぼの時なんかも気配を消してじっとしてれば見つかりにくいですからね」

突拍子もない事を言うかと思ったら案外ありそうな説明に自然と相槌が出た。

「そうだろ、次の練習その二で木に化けるんだ。動かないが生きている生物に化ける訓練だ。石の時と違うのは体を広げて立ったまま、呼吸は腹式呼吸でゆっくりと静かに、自分は木だと念じて体の気を全身に巡らせて自然と一体になるんだ。もちろん何時間も立ったままだ、木だからな。当然だ。自分の腕を葉が覆い繁っている枝と思い足を根だと思うんだ」

山下が目を閉じて両腕を上げてポーズを取る。

「その三でやっと動物に化ける練習だ。身近な動物に化けるんだ。まず化ける動物を決める。犬でも猫でもなんでもいい、私はたくさんいた鼠を選んだ。決めたら今度はその動物を観察する。姿形だけじゃなく、何を食べてどこで寝るのかなど、生活の全てを徹底的に観察するんだ。外見だけじゃなく内面も知って初めて完璧に化けられるのだ。観察が終わったら葉っぱを頭に乗せて、その動物を思い浮かべて呪文を唱えて念じる。初めは手足だけ化けたり頭だけ化けたりする。何度もやっているうちに少しずつ完全に化けられるようになってくるのだ」

木に化けられたら次はどんな動物でもいいなんて急に胡散臭くなったが、山下の目は真剣である。

　哲也は何も言わずに感心したように何度も頷いてみせた。

「ここからがお待ちかねの人間への化け方だ。練習その四だ。基本的に動物の化け方と同じだ。だが化ける相手は子供か坊主だ。何でかと言うと坊主は皆だいたい同じような袈裟姿の服装、子供は化けるのに失敗して多少奇抜な格好でもばれ難いからだ。失敗して多少不恰好な化け姿でもいいから実際の人間に接触して人間についての情報を集める。人間を学ぶんだな、あとは練習その五へ続く、練習四で人間のことを学んだらそこらじゅうの人間を観察して失敗してもいいのでどんどん化ける。何十人と数をこなしていくうちに、一目見ただけでもその人に化けられるようになる。こうして私が化けたのが今の姿だよ」

　山下が哲也の目をじっと見つめてどうだとばかりに胸を張った。

「なるほど、化ける練習、なかなか珍しい話をどうもありがとうございます」

　突拍子もない話だが、化けることについて一応筋は通っている。

　自分のことを神だとか宇宙人だとか言う人たちのほとんどが、理由も言わずにある日突然降りてきた神様と融合しただとか、電波が飛んできて宇宙人だと知らされたとか、毎回違う適当な答えを言うのと違って、山下の話にはきちんとしたストーリーがある。

「それでどうして人間から狸に戻れなくなったんですか」

　楽しくなった哲也は話の核心を突く質問をして続きを催促した。

「聞きたいかい？　仕方ないなぁ、あんまり話したくないんだけどねぇ、珍しい葉っぱ沢山貰っちゃったしな、特別だよ」

山下はそう言うと、お茶をぐいっと口に含みクチュクチュうがいをしてから飲み込んで続きを話し出した。


「初めに言ったように私は器用でね、三年とちょっとで天狗様に変化術の免許皆伝を頂いたのさ。私は早速いろいろ化けて人間を脅かして回った。脅かして食べ物を盗んだりもした。だが脅かした最大の目的は人間が憎かったからさ。自分勝手な人間どもが許せなかったのさ。山々を崩し、道路を走らせ、川を堰き止めダムを作る。山も川もこの世界の全てが自分たちだけのものだと思い上がっている人間たちが憎かったのさ。それで化けて、脅かして回ったんだ」

先程までの楽しそうな顔ではなく、寂しそうな悔やむような何とも複雑な表情で山下が続ける。

「そんなある日、近くの山の道路工事の連中を懲らしめてやろうと化かしてやったんだ。その頃にはもう変化は自由自在よ、人間はもちろん車や飛行機にだって化けれたさ。まあ飛行機に化けても飛ぶことはできないんだけどな、鳥なら羽を羽ばたかせて少しは飛べるんだが……ああ話しが脱線したな、そんで作業員に化けて邪魔をしてやろうとしたんだ。それが間違いだったのさ、上手く化けすぎて重機の運転を任されちまった。運転なんてしたことなかったが、重機を暴走させて驚かせてやろうと適当に運転したんだ。したらひっくり返って、気が付いたら病院のベッドの上よ。頭を強く打ったらしい。それが原因か知らんが化けられんようになった。それどころか元の狸にさえ戻れんようになったのさ」

弱り切った表情で大きな溜息をつくと、山下はコップのお茶を飲み干した。

「なるほど頭を打ったのが原因ですか、記憶喪失みたいなものですかね？　化ける方法を忘れてしまったんですね、それで今までずっと人間のままで暮らしてきたんですか」

ありきたりだが理由付けとしては納得する展開に哲也はポンと太股を叩いて頷いた。

「その通りだ。自分じゃどうしようもないってんで天狗様に助けてもらおうとしたんだが半年ほど入院している間に山の開発が進んでな、天狗様の住んでいた山の大木が切られてなくなっていたのさ、大きな道路が走ってやがったよ、天狗様もどこかへ行ってしまったようで近くを探したんだがどこにも居なかった。そんで仕方がないので人間として暮らしてきたってわけだ」

山下はガックリと肩を落とすと、急須のお茶をコップに注いで一口飲んだ。

「これで私の話はお仕舞い。初めにも言ったけど誰にも言っちゃダメだからね、あんたを信じて話したんだからね、もし他の人に言うと狸の呪いで酷い目にあうからね。いいかい言っちゃいけないよ、絶対だからね」

「それはもちろん約束しますよ。面白い話を聞かせてくれてありがとうございました」

念を押す山下の目が真剣だ。

呪いは兎も角、へたに話して何かされると厄介なので、哲也は大人しく約束して部屋を後にした。

一週間ほど経って騒ぎが起こった。

警察が山下を訪ねてきたのだ。何でも山下が昔勤めていた会社が詐欺を働いていたと言うのである。

山下は逮捕こそされなかったが事情徴収で警察に出向き、三日間帰ってこなかった。

心配になった哲也はいろいろ訊ねたのだが、先生は一切話してくれない。仲の良い看護師を捕まえてようやく話が聞けた。


山下がこの病院へ入る前のことだ。入院する一年半ほど前に会社を辞めてしばらくは普通に暮らしていたらしいからもう少し前、警察によると今から二年ちょっと前の話である。

その頃山下が勤めていた会社は総合卸商社などと名乗っていたが、実際は布団や健康食品などを売り歩く訪問セールスだ。

山下が勤め始めた頃は景気は落ち目だがまだ踏ん張っていた。健康ブームに乗ってサプリメントやダイエット食品などがそこそこ売れて会社も羽振りが良かった。しかし三年もすると不景気の波に飲まれ、その頃から会社は怪しい商売に手を染めるようになった。いわゆる催眠商法やデート商法など詐欺一歩手前の商売である。

具体的には貸し会場などに老人を集めて初めの何日かは洗剤やタオルなど安い物を無料で配布

して客の心を掴み、その間に売る対象商品、サプリメントならそのサプリメントがどれだけ効くか説明してとても良い物だと思わせる。そして最終日にお客さんだけに特別にお譲りしますとかなんとか言って高額商品を買わせるのである。客は沢山の品物を無料で貰っている負い目と販売員の上手い口車に乗せられて買ってしまうという寸法だ。これが催眠商法の一つの方法である。

デート商法はもっと簡単だ。商品を売らんがために一時的に恋人関係になるのである。恋愛経験が少ない人や真面目な人がよく罠にかかってしまう、可愛い恋人に『私を助けると思って』、あるいは『私の友人を助けるために会社の製品を買って、お願い』などと頼まれたら高額なローンも組んでしまう人が沢山居るのである。

彼らはそこを付け狙う。ローンを組ませて、クーリングオフ期間を過ぎるまで恋人関係を続けたら一方的に別れて終わりだ。商品を売るだけの恋人関係だからである。

山下が勤めていた会社は例に挙げたもの以外にもいろいろやっていたらしい、しかしそれは悪いことだが法律上は咎められないのだ。罪にならないのである。脅したのでもなく無理強いでもない、一歩間違えると犯罪だが、ぎりぎりグレーゾーンと言える商法なのである。

だがそれだけでは済まなかった。こういう事に手を出すような組織はいずれ犯罪に手を染めていくものだ。

逮捕される前提の確信犯か、利益に目が眩んだのか、半年もしないうちに歯止めが利かなくなっていった。山下の会社が行っていた詐欺は権利販売詐欺だ。

レアメタルの開発に出資しませんかと話を持ちかけ開発の権利を売るのである。レアメタルは今後高くなることはあっても安くなることはないだろう、それの開発権利である。本物ならなかなか魅力的な投資だ。しかし山下の会社はそんな権利は持っていない。初めから騙すつもりの完全な詐欺であった。


山下も会社の命令で詐欺とは知らずに大勢の人に開発権を売っていたのだという。それで警察が事情を聞きに来たということだ。


「ははっ、いやーまいっちゃったよ、もう聞いたと思うけど詐欺だってさ、私が前に勤めてた会社ね、詐欺やってたんだよ。人のほうが狸よりも化かすのが上手いんだからまいっちゃうよね、いや狸や狐なんかよりも惨い騙し方をするもんだよ、人間はさ」

帰ってきた山下は哲也を見て開口一番こう言って肩を落とした。

「山下さんが気に病むことはないですよ、会社の命令でやってたんでしょ？　平社員じゃ会社から命令されたらやるしかないじゃないですか。だから警察からも事情徴収だけで捕まらなかったじゃないですか、責任はないですよ」

人の好《よ》い山下が気落ちしているのを見て、哲也はどうにか元気付けようとした。

「私は化け狸だから化かすのが仕事だ。昔は故郷の山を守りたいがために人を沢山化かしたさ。

だが、決してわざと人を傷つけたことはない。そりゃ吃驚して転んで怪我したとかはあるだろうさ、でもね、わざとじゃない。だがあの会社で私がやったことはどうだ？　大勢の人々を苦しめた。なかには首をくくった人も居ると警察の方から聞いた。まったく知らなかったわけじゃない、薄々勘付いてはいたんだ。だがこの不景気で職を失うのも怖かったし、何より家族を失うのが怖かったんだ。そうして仕事を続けていたが参ってしまったんだろうね、鬱になってしまって結局仕事を辞めて妻とも離婚、何もかも失ってしまったんだよ。悪い事をした罰さ、それで私はもう人間が嫌になったのさ、狸に戻りたくなったんだよ。昔のように山で自然と共に生きたくなったのさ。でもどうしても戻れない、後一歩、もう少しなんだと思うんだけどね」

山下はそう言って寂しそうに笑った。

哲也には掛ける言葉が見つからなかった。ちょこっと会釈をして去って行く山下の背中がとても小さく感じた。小柄の山下の背が小さな子供みたいに見えた。

一瞬狸のように見えたのは哲也の目の錯覚だろうか？

数日後、山下の方から哲也を訪ねて来てくれた。

「警備員さん、見てくださいよ、私ね、少し思い出したんだ」

術が上手くいきそうなのだという。

「思い出したって？　狸の術ですか？」

「そうなんだよ、今やって見せるからちょっと見ててよ」

不思議そうに訊く哲也の目の前で山下が葉っぱを取り出してペロリと舐めた。

唾を付けた葉っぱを手の平に置いて口の中でモゴモゴと呪文を唱え始める。

「ああ～っ、何で？　凄い、山下さん凄いですよ」

哲也は思わず驚嘆の声を上げた。

山下の手の上で葉っぱが数センチくらい浮かんでクルクル回りだしたのである。手品だとしても見事だ。

「変化術の気の使い方を思い出したんですよ、これは枯草に火を点けて火の玉を作って操る時によく使う物です。私これ得意だったんですよね」

「火の玉ですか、ちょっと触ってもいいですか」

哲也は葉っぱを手に取ってみた。どこからどう見ても普通の葉っぱである。

見えないくらい細い糸があるか磁石でも仕込んで浮かせているのだろうと思っていた。

哲也の心を見透かしたように山下が口を開いた。

「手の平を上にして私がやったように葉っぱを置いてください」

山下が呪文を唱えると哲也の手の上で葉っぱが浮かんでクルクル回りだした。

「あぁっ、はあ～～」

哲也の口からは驚嘆の溜息しか出てこない。

「はあ～、凄いですね、どんな呪文なんです。ちょっとだけでいいんで教えて欲しいな」

自分の手の上でクルクル回る葉っぱを見つめたまま哲也は自然と訊いていた。

「エロイムエッサイム、エロイムエッサイム、シャランラ〜〜♪」

「嘘でしょ、絶対嘘だ。何で魔術っぽいんですか、天狗が魔法使うんですか」

「ごめんね、これだけは教えられないんだ。警備員さんにはお世話になったから教えてあげたいのは山々なんだけどこればっかりはダメ。その代わり私が狸に戻れたら警備員さんだけには教えてあげますよ、私の狸姿を見せてあげますよ」

哲也の手の上で回っている葉っぱをヒョイっと摘まんで取ると山下は楽しげに笑った。

葉っぱを浮かせて見せてくれてから二日後、山下は忽然と消えた。

病院は大騒ぎで警察まで来たがついに発見されることはなかった。


数日後、満月の綺麗な夜だ。

その日は朝から体調が優れず、夕方の見回りを終えた後、少し熱っぽかったので先生に診てもらうと風邪だと薬を渡された。それで仕方なく夜間の見回りを休んで早々に眠りについた。

深夜、誰かの呼ぶ声が聞こえて哲也は目を覚ました。

「警備員さん、起きてください警備員さん」

「んん!? やっ山下さん！　どうしたんです？　どこに居たんです。みんな心配してるんですよ、でも無事で良かった」

枕元に立つ山下を見て哲也はガバッと上半身を起こすと少し怒った声を上げた。

「ごめんごめん、でもこれでいいんだよ、私は狸に戻ることができたんだ。君にはいろいろ世話になったからね、警備員さんだけにはちゃんと挨拶しとこうと思ってね」

「狸って、まさか……本当ですか？」

ニコニコ笑顔の山下に哲也が怪訝な表情で訊いた。

「うん、私治ったんだよ、警備員さんも早く良くなるといいね」

山下はニッコリと頷いてスーっと窓の外へ出た。

窓を開けずに突き抜けたのである。哲也は吃驚して立ち上がると窓を開いた。

窓の外、下の道に山下は立って哲也を見上げていた。

目が合うと山下は葉っぱを頭に乗せ、胸の前で組むようにした腕をクルクルと回しながら口をモゴモゴ動かして何やら呪文を唱え始める。

直ぐに霧のような煙が山下の体を包み込んだ。


『コ～ン、コンコン、コ～～ン』

山下が獣に化けた。いや戻ったのだろう、獣姿で哲也を見上げ何度か楽しそうに鳴くと闇に消えて行った。

「山下さん……それ狸じゃなく狐だよ」

呆気に取られて見ていた哲也は呟くと声を出して笑った。

山下の姿は狸ではなくどこからどう見ても狐だったからである。

腹の底から笑って腹が痛くなって気が遠くなる。


気が付くと哲也はベッドの上にいた。眠っていて笑いながら目を覚ましたらしい。何のことはない、全部夢だったのかと、風邪で熱が出て変な夢を見たのだと上半身を起こした。

何気なく枕元に目をやると、葉っぱが一枚置いてあった。

「ふふっ、ははっ、はあっはっはっはーっ、山下さんだ。山下さんが置いてったんだ」

葉っぱを手に持ちながら、また寝転がると哲也はベッドの上で大笑いをした。

「よっし！　今日は見回りするぞ、山下さんも心配してたし、風邪なんかさっさと治して早く良くならなきゃな」

薬が効いたのか哲也が元気に起き上がる。

山下が狸だろうと狐だろうとどうでもいいことだ。

もちろん全部夢や嘘でもいい、山下が最後に見せてくれた満面の笑顔、何もかも忘れて本当に幸せそうな笑顔、哲也はそれが見られただけで充分であった。

山下は以前、化かして脅かした最大の目的は人間が憎いからだと言っていたが、あれは自分に対して言っていたのではないだろうか？

他人を騙した自分とそれを命じた会社、それをさせる人間社会に幻滅したのである。

そして人を騙す良心の呵責に苦しんで、それから逃れたいがために自らを狸と言ったのではなかろうか。山下は現代のギスギスした人間関係に疲れ果てていたのである。そういう意味では神経、精神の病気だろう……。

だが、山下が本当に元から狸だったとしたら。

人間たちに幻滅し、見切りを付けたのだとしたら。

哲也は人として、同じこの地に住む生き物として少し恥ずかしいと思った。

山下が故郷奈良県の山の中で楽しく暮らしていることを心から願うばかりである。

第八話　ドッペルゲンガー

ドッペルゲンガーという言葉を聞いたことがあるだろうか。日本語では二重身と言って、自分の他にもう一人の自分が存在することである。

自分とそっくりなもう一人の自分が自分の知らないところで他の人に目撃されたり、はては他の人と接触して会話をしたり遊んだりもする。後日まったく記憶にない行動を友人から聞かされたりするのだ。

そして、そのもう一人の自分に出会ってしまうと寿命が縮まると言われている。悪くすれば会ったその日の内に死ぬとも言うのだから、自分のくせに厄介なものである。

ここまでは心霊的な解釈だ。


医学でこれを説明するとだいたい多重人格ということになる。

一人の人間の中に別の何人もの人格が形成されることがある。

ほとんどの人は他の人格が居るのも認識していて、他の人格が取った行動も何となく覚えているものだが、稀に他の人格が自分の中にいることをまったく認識していない人が居る。そんな人が他の人格になっている時に友人と遊んだり買い物をしたりして、元の人格に戻った際にもう一人の自分が居ると思い込むのである。

肉体は一つなので自分自身に会うことはないだろうが、人格が二人居るわけだからもう一人の自分が居ることには間違いない。


甲斐真由美《かいまゆみ》も多重人格の患者である。

真由美の中には真奈美《まなみ》というもう一人の人格がいる。

真由美本人は磯山病院へ入るまでは真奈美のことをまったく知らなかった。一方もう一人の人格、真奈美は真由美のことを何でも全て知っていた。

多重人格のほとんどが元の本人とは違う性格をしている。

真由美も例に洩れない。

真由美がおとなしい内気な性格なのに対し、真奈美は気さくで外交的だ。

それだけならいいのだが真奈美は攻撃的でもある。それが真由美の悩みの種であった。真奈美は真由美の大切な友人、はては親兄弟にまでその攻撃の矛先を向けるのだ。その結果最悪の出来事が起こった。

真奈美が傷害事件を起こして真由美が逮捕され、責任能力がないとしてここ磯山病院へと入れられたのである。

哲也が真由美と出会ったのは彼女が入院して間もなくの頃だ。

初めに出会ったのは真由美ではなく別人格の真奈美であった。彼女が気さくに声を掛けてきたのである。


「ねぇねぇ、お兄さんはここ長いの？」

不意に後ろから声を掛けられて哲也が振り向いた。

十代だろうか、高校生より少し上に見える、ショートカットの可愛らしい女性が微笑んでいた。落ち着きがないのか目をクリクリ動かして哲也の全身を見回していた。

「あたし真奈美って言うんだ。やっとまともそうな人見つけたよ。ここさ、おっさんや年寄りばっかじゃん、たまに若いのいると思ったら奇声発してたりしてヤバイのばっか。お兄さん名前は？何の病気で入院してるの？　普通に見えるから鬱とか？」

初対面からタメ口の彼女に少しムッとしながら哲也は口を開いた。

「初めまして、僕は中田哲也。えーっと真奈美さんだっけ？　勘違いしているようだから言っておくけど僕は患者じゃないよ、ここで警備員のアルバイトをしてるんだ」

「ああ本当……ごめんごめん、服もリハビリの作業服に似てるし間違えちゃった。ごめんね哲也さん、あたし四日前に来たばっかだから知らなかったんだ、勘弁してよね」

哲也の左肩を気安くポンポン叩きながら少しも悪びれた様子もなく謝る。

馴れ馴れしい態度に男だったら怒っているところだが、哲也は笑顔でいた。真奈美が可愛かったからである。顔付きは普通で美人ではないが、親しみやすい可愛いタイプだ。

「ああ新人さんなら仕方ないか。で、真奈美さんはどうしてこの病院に入ったの？」

哲也は聞いてからしまったと思った。

仲良くなってからなら兎も角、初めて会った人に気安く病名を聞くなんて普通の病院でも控えるべきなのに、ましてやここは精神病院である。自分が病気だと認めていない人もたくさんいる。そんな人に迂闊に何の病気ですかなどと聞くと暴れ出しかねない。気安い彼女につられてつい聞いてしまったが大失態である。

「人格障害だよ、あたしの中にもう一人の人格が居るんだ。こいつがやな性格でね、暗いというかジメジメして陰気臭い女なんだよ、こいつのせいであたしがどんだけ迷惑してるか、それでここに入院させられたんだ。早くこの女消して退院したいんだけどさ、どうなることやら……」

真奈美は自分の頭を人差し指でコツコツ叩きながら憎らしげに話した。

先程までの可愛い顔が一転、意思の強そうなキツい目付きをしている。

哲也は一安心した。

彼女は人格障害以外まともな人に見えたからである。暴れ出したらどうしようと内心冷や冷やものであった。

「それって二重人格ってこと？　真奈美さんみたいな可愛い人が大変だね、僕にできる事なら協力するから何でも言ってよね」

「本当？　嬉しい、哲也さん約束だよ、よかった哲也さんが味方になってくれれば上手く行きそうな気がするわ、頼りにしてるわよ哲也さん」

真奈美は何も知らない哲也に抱き付くと、頬にキスをして悪戯っぽく笑った。

横から包み込んでくる温かい体、頬に当たる柔らかな唇、突然のことに哲也は頭が回らない。

「うん何でもするよ、真奈美ちゃんのためなら何でも、約束だ」

哲也は有頂天になってとんでもない約束をしてしまった。


翌日、哲也が朝の警備巡回をしていると前を歩く真奈美の後ろ姿を見つけた。何か辺りをキョロキョロと窺っている様子だ。

「おはよう真奈美さん、どうしたの、こんな早くに、誰か探してるの？」

哲也が後ろから気軽に話し掛けると彼女がビクッと驚いて振り返る。

「なっ、何でもありません」

彼女は哲也を奇異の目で睨みつけると、逃げるように廊下を走っていった。

何が起こったのか分からずに哲也は廊下に立ち尽くす。

「もしかして、今のがもう一人の人格なんじゃ……陰気臭いって言ってたし……」

突然声を掛けられて逃げたのである。人見知りが激しいらしい、真奈美が言った通り内気な性格なのだろう、あれじゃ大変だなと哲也は一人大きな溜息をついた。

まったく的外れな勘違いだということに、この時の哲也はまだ気付けていなかった。

「こんにちは哲也さん、警備員のお仕事は大丈夫ですか？　今は休み時間でしょ」

その日の昼食後、真奈美が気さくに話し掛けてきた。

「こんにちは、今度は真奈美さんらしいね、実は今朝もう一人の人格に会ったんだよ、挨拶したら逃げて行っちゃった。本当に内気な子だね、吃驚したよ」

哲也はおどけた感じで今朝のことを話した。

別人格とはいえ真奈美自身なのである。下手に言って嫌われるわけにはいかない。

「うん会ったね、逃げたよねバカ女、ごめんね哲也さん、これで分かったでしょ、あの女のためにあたしがどんだけ苦労してるか。せっかく出来た友達もあのバカのためにダメになるんだよ、本当に腹立つ、絶対あたしの中から消してやるんだ」

真奈美が憎々しげに吐き捨てた。その目が憎悪に光っている。

哲也は戸惑いながら訊いた。

「もう一人が出てる時、真奈美さんはどうなってんの？　意識はあるんだよね？　今朝のことを覚えているんだから」

「うん、意識はあるよ。だから朝のことも覚えてるんだけど、寝てる時の夢みたいな感じかな。体は自由に動かせない、完全にあのバカ女に支配されてんだ。だからあの女をどうにかしないことにはこれから先、まともに生きていけない。だからあのバカ女を取り除くのに力を貸してよね哲也さん」

真奈美はそう言うと悪戯っ子のようににぃーっと笑った。それを見て哲也は安心して頷いた。

この日から哲也は真奈美の障害人格を追い出す手伝いをすることになる。

朝の警備巡回を待っていたように真奈美が哲也を部屋に引き入れる。

「鏡が必要なの、こんなプラスチックじゃなくてガラスの鏡がいるの、術をかけたあとに割るの、だからプラスチックじゃダメ、どうにかならない哲也さん、おねがい」

真奈美が哲也に抱き付きながら頼んだ。個室なので他には誰も居ない。

部屋に鏡はあるが割れて怪我をしないようにアクリル製の物を使っている。

「大きいのは無理だけど、手鏡くらいの物なら用意できると思う。それでもいいかな」

「うん、それで充分よ。じゃあできるだけ早く用意してね、哲也さんって本当に頼りになるわ、頼んだわね、うふふふっ」

抱き付いたまま真奈美が哲也に唇を重ねた。

軽いキスを終えると、真奈美は哲也を見つめ目を細めて笑った。

「はい、哲也さんはお仕事お仕事、続きはまた今度ね」

突然のキスに呆然とする哲也の背を真奈美がポンポンと叩いた。

哲也は言われるがままに部屋を出て行く。そのあと張り切って巡回の仕事を終わらせたのは言うまでもない。


真奈美の向かいで夕食をとっていた哲也がお菓子の袋の中に入れた鏡を差し出す。

「取り敢えずこんなのでいいかな、ダメだったら他のを用意するから言ってね」

ディスカウントショップで買った二十センチくらいの鏡だ。

仲のいい看護師に買ってきてもらったのである。

本来先生の許可がいるのだが今回は内緒だ。規則を破るほど哲也は浮かれ舞い上がっていた。

「わぁ〜、あたしが想像してたのより大きい。手鏡って言ってたからもっと小さいと思ってたよ。これで充分だよ、哲也さんありがとう、やっぱり頼りになるなぁ」

隠すようにお菓子の袋の中に入っている鏡を見て真奈美が大袈裟に喜んだ。

「でも鏡なんかで何をするの？　術って言ってたけど」

「うふふっ、これはね、鏡を使った呪いに使うの。あたしを苦しめる真由美を追い出すために使うのよ。あっまだ言ってなかったわね、あたしの中に居るバカ女の名前。真由美って言うのよ。あたしと一字違いなんてふざけてるわよね、陰険女のやりそうなことよね」

哲也はこの時、初めて真由美という名前を聞いた。

真奈美の中にいる別人格が真由美だと思っていたのである。


その夜の警備巡回を手早く済ますと、哲也は真奈美の部屋へと向かった。術をするので手伝ってほしいと頼まれたのである。

「待ってたわよ哲也さん、じゃあ早速始めましょうか」

ドアをノックすると彼女は待ちかねたように哲也の腕を引いて中へと招いた。

窓の横に小さなテーブルを置き、その上に鏡を立ててある。

その鏡の横へ哲也を座らせた。鏡の下に紙が敷いてあり、その紙になにやら呪詛の文字が書いてある。

「初めに説明しとくわね、電気を消して月明かりが鏡に当たるようにするの。その鏡にあたしの姿を映して、あたしの中の真由美に呪いをかけるのよ、だから哲也さんは鏡に映らないようにそこから動いちゃダメよ、そこであたしと一緒に真由美の力が、魂が弱るように呪ってほしいの。殺すわけじゃないわ、そんなの哲也さんができるわけないでしょ？　力や魂が弱れと呪うだけでいいの、それなら哲也さんもしてくれるわよね、あたし一人より二人のほうが強力なのよ」

じーっと目を見つめながら真奈美が説明した。

哲也は無言で頷いた。

いくら好きな人からの頼みでも、何の恨みもない人を殺す呪いなど本心から祈れるわけがない。

しかし好きな人を苦しませている相手だと思うと、懲らしめるくらいなら呪ってやろうという気にはなる。

真奈美が電気を消して鏡の前の椅子に座った。

月明かりでぼんやりと部屋の中が分かるくらいの暗さだ。鏡に真奈美が映っている。哲也は鏡に映らないように横に置かれた椅子に座っていた。

「じゃあ始めましょう、この鏡に映っているのは真由美、あたしを苦しめる真由美よ。あたしは哲也さんが好き、でも真由美が居たら哲也さんとのことも邪魔されるわ。だから呪って、真由美の魂が力を失って弱って出て来られなくなるように一緒に呪って哲也さん」

鏡を睨み付けながら真奈美が言った。哲也は言われるがままに呪いの呪文らしきものを真奈美のあとに続けて唱え、頭の中で真由美が消えるように願った。

「今日はこれでおしまい、これを六十六日続けるのよ、手伝ってくれるわよね哲也さん」

十分ほど続いた後、最後に一段と高い声で呪文を唱えて真奈美がニッコリと微笑んだ。

哲也は戸惑いながらも苦笑いをして頷くしかなかった。

そんな日が何日か続いたある晩、呪術が終わった後で真奈美が呟いた。

「う〜ん、やっぱ少し力が少ないな、哲也さん本気じゃないでしょ、信じて呪ってない。やっぱ仕方ないか、赤の他人だもんね。じゃあ他人じゃなくなればいいんだよね？」

真奈美が抱き付いてくる。

哲也は身を硬くしてその顔を見つめた。

「あたしは哲也さんが好き、哲也さんはあたしの事どう思ってるの？　あたしが好きならあたしを愛して、あたしを抱いて哲也さんの女にして、あたしに力を貸して」

真奈美は耳元で囁くと唇を重ねてきた。

哲也が真奈美をベッドに押し倒す。その晩、哲也は真奈美と結ばれた。

患者とそういう関係になることはいけないことだと分かっていたが、抱き付いてくる真奈美を拒むことはできなかった。哲也も健全な男だということである。

「好きよ哲也さん、あなただけだわ、本気であたしを心配してくれるのは。あたしを助けて、本気で真由美を呪ってあたしの中から追い出して。あたしを自由にして。お願い哲也さん、あたしのことが好きなら力を貸して、本気で真由美を呪って」

情を交わし合った相手の頼みである。

効くかどうか分からないが、哲也はそれ以降本気で真由美を呪うことにした。真由美さえ居なければ真奈美が自分のものになるという欲がそれをさせた。

あの夜以来、真奈美は何度となく哲也を誘った。

そのうち哲也の方から真奈美を誘うようになり、哲也は真奈美の言いなりになった。

「いや！　何をするの、出て行ってください、人を呼びますよ」

「勘違いしないでください、見回りで来たら部屋から苦しそうな声が聞こえたんです。何もなければいいんです。吃驚したのなら謝ります。でもこれも僕の仕事ですから勘違いはしないでくださいね」

ある晩、いつもの通り真奈美の部屋に行くと強張った表情で叫ばれた。

真奈美ではなく真由美だ、哲也は直ぐに分かった。騒ぎになるのを恐れ、その日はどうにか誤魔化して帰った。

この件があってから哲也はますます本気で真由美を呪うことになる。


あいつさえ居なければ真奈美は俺のものだ……。哲也は自分の欲望を制御できなくなっていた。


一ヶ月ほど経って真奈美が妊娠した。当然である。避妊具なしに行為を重ねた結果だ。

「これでいいのよ、心配しないで哲也さん、この子は堕ろすから。初めからそのつもりだから。この子は真由美なの、あたしの中のもう一つの魂を取り出すには入れ物がいるの、その入れ物がお腹の赤ちゃん。この子に真由美の魂を入れて流すの、そうすればこの身体は本当にあたしの物になる。すべて哲也さんのおかげよ、愛してるわ、あたしを救ってくれてありがとう」

真奈美がニヤっと意地悪で妖艶な笑みをして抱き付いてきた。

哲也は彼女を押し倒した。真奈美を抱けるのならどうでもよかった。哲也は完全に理性を失っていた。

「霊に取り憑かれてどうしても祓えなくなった時、最後の手段として身代わりを立てるの。昔からよく使われている手法よ。男は大変よ、親兄弟、近縁の親戚など血の繋がった誰かが犠牲にならなければならない。でも女は簡単、自分で血の繋がった身代わりを作れるの、それも一から作れるから初めに入っている魂に邪魔されない。力の強い術者が居なくても知識さえあれば素人でもできるの。でも協力者が必要なのよ、一人じゃ子は作れないからね。哲也さんが協力してくれたからできたのよ。子が作れるのなら誰でもいいわけじゃない、あたしと一緒に本気で呪ってくれる人じゃないとダメ。だから本当に感謝してるわ哲也さん、愛してるわ哲也さん、もう少しだから最後まで協力してね」

行為が終わったあと哲也の胸の中で甘えながら真奈美が話した。

その場は呆けたように聞いていたが、後になってとんでもないことをしているのではないかと怖くなった。

だが、ここまで来たらもう引き返せなかった。

真奈美は既に妊娠しているのである。ここで止めたら真奈美を救えない。それこそ真奈美を苦しませることになる。お腹の中の赤ちゃんにはかわいそうだが、どうせ堕ろすことになるのなら真奈美を救うのに協力してもらおうと勝手な言い分を通すことにした。

その後も真奈美とは何度となく情を交わした。悪い事をしているという背徳感がますます興奮させて自分の行動を抑えられなかった。

さらに一ヶ月ほどして哲也は先生に呼ばれた。

真奈美との事がバレたのではないかと縮こまって行くと、思いがけない話を聞かされた。

「君は甲斐さんと仲が良いね、最近変わったことはないかい？　彼女、症状が悪化してるって言うんだ。自分が自分でなくなるってね」

「あっはい、真奈美さんとは友達として仲良くさせてもらってますけど、別に普段と変わりありませんよ」

先生の顔が曇る。哲也はバレているのかと冷や汗をかいたが違っていた。

「今、真奈美と言ったかね。まいったな、君と仲がいいのが真奈美だとは……こりゃどうしようもないな、薬の量を増やすか、カウンセリングを強化しないとな」

「あのぅ、どうしたんですか？　真奈美さんが何かまずいんですか」

眉を顰める厳しい表情の先生に哲也は心配顔で聞いた。

「君が会っている真奈美さんは障害人格の方だよ。本当の人格は真由美さんだ。彼女の名前は甲斐真由美。君は作られた第二の人格と仲良しになったんだね。困ったね、あまり会わないようにしてくれないか、治療に支障が出るから。これは命令だからね」

先生の言葉を聞いて気が遠くなりそうになった。

哲也が今まで付き合ってきたのが作られた方の人格だったのである。

だとしたら……とんでもないことをしているのではないか？　本物の方の人格を消そうとしているのだ。

真奈美は全てを知っていて自分を利用したのだとしたら……。哲也は彼女がとても怖くなった。

「分かりました。彼女とはもう会いませんよ、先生の命令じゃ仕方ないですからね」

先生の命令という理由を付けて真奈美と会わなくていいことになり、哲也は心のどこかでほっとしていた。

それから哲也は真奈美を避けるように行動した。

見回り巡回も真奈美の部屋の近くを通るのを止めた。同僚の先輩警備員である園田俊之さんに交代してもらったのである。先生の言いつけなので園田さんも快諾してくれた。


「哲也さんどうしたの？　最近来てくれないのね、あたしのことが嫌いになった？　あんなに愛し合ったのに。ねぇ、今晩は来てくれるわよね、来てくれないとこの子の父親が誰か先生に言うわよ。もう少しの辛抱よ、あたしの言う通りにすれば哲也さんには迷惑はかけないわ」

夕食を取っていると真奈美が耳元でそっと囁いた。いつの間に来たのか気配さえ感じなかった。

哲也は振り返ると無言で頷いた。

真奈美がにぃっといつもの意地悪な笑みを見せて去って行く。哲也は逆らえなかった。彼女を妊娠させたのが自分だとバレたらここには居られなくなる。

「うふふっ、やっと来てくれた。ねぇ哲也さん、どうしてあたしを避けるようになったの、あたしのこと愛してないの？　遊びだったの？　うふふっ、なんてね、聞いたんでしょ、本当のこと。真由美が本体だってこと。だからどうなの？　あたしが本体になっちゃいけないの？　あたしも真由美も同じなのよ、何であたしが追い出されなければいけないの？　何で真由美みたいに陰気な女にこの体を使わせなければいけないの？　内気で直ぐに鬱になるような弱い女が世間を渡っていけると思う？　あたしは真由美が上手く生きていくために作ったもう一つの人格なのよ。真由美の願いが作ったの。あたしがこの体を使って上手く生きていくのが彼女の夢、それを叶えるために彼女が邪魔だから追い出すのよ。何の問題もないでしょ。哲也さんは最後まで手伝ってくれるわよね、約束したよね、さあ愛し合いましょう」

抱き付きながら真奈美が妖艶に笑う。哲也は蛇に睨まれた蛙のように何もできない。彼女に導かれるまま枕を重ねた。

「真由美さんはどうなる？　お腹の中の赤ちゃんはもう真由美さんなのか？」

行為が終わったあと哲也は心に引っ掛かっていた質問をした。

「まだ完全じゃないわ、あと二週間ほどかかるわね、まだ真由美はあたしの中に居るわよ。もうほとんど出て来られないけどね。あと二週間よ。そうすればこの子を堕ろしておしまい、真由美はこの世から消えるわ。哲也さんのおかげよ、愛してるわ本当よ、真由美が消えた後も恋人同士を続けてもいいわよ、哲也さんのこと本気で気に入っちゃったわ、いつでもあたしの体を好きにしていいわよ、うふふっ」

ニタリと不気味な笑みを浮かべる真奈美の前で哲也が力なくフラリと立ち上がる。

「裏切りはなしよ！　もう引き返せないわよ、あなたも共犯者だからね。あなたのことは誰にも言わないから安心して。どうせ堕ろすしかないのよ、だったら役に立ったほうがいいわよね、もし裏切ったら、あなたの子だとバラすわ。それだけじゃない、あなたに無理やり犯されたって言うわ、捕まるわよ、あたしにそんなことさせないでね哲也さん」

ドアから出て行く哲也の背に真奈美が冷たい声で言った。

哲也は何も言わずに部屋を出た。


どうしたらいいのか分からず数日間は真奈美のなすがままになっていた。

そんな時である。本物の真由美と話をすることができた。

哲也は真由美に土下座をして謝った。真由美は黙って話を聞いていた。

「分かりました。今直ぐ堕ろせばいいのですね、後のことはそのあとで話しましょう。もちろん警備員さんにはそれなりの償いはしてもらいます。だけど私の責任でもありますし、警察沙汰などにはしませんから安心してください。その代わり今度は私に協力してもらいますよ、いいですね」

「ありがとう、何でもします。何でも言ってください、知らなかったとはいえ僕の責任です。本当にすみませんでした」

　許しを請うた哲也は真由美の言葉で救われた気持ちになった。

「警備員さんも先生も勘違いしています。私は二重人格じゃありません、確かに鬱の病気ですが多重人格ではないです。私の中に実際に真奈美とか言うもう一人の私が居るんです。作り出した人格じゃないんです。初めはドッペルゲンガーだと思っていました。でも分かったんです。上手く説明できないけど幽霊だと思います。私に取り憑いた悪霊です」

　土下座から立ち上がった哲也に真由美が訴えかけるように言った。

「悪霊ですか、本当に霊に取り憑かれているのなら病院じゃ治せないですよ」

「私もそう思います。どうにかして真奈美を私から引き離さないと、私は体を奪われて殺されてしまう。お願い、力を貸してください、今後一切真奈美には協力しないでください」

　悲壮な表情で真由美が哲也に頭を下げる。

　知らなかったとはいえ加害者の哲也に頭を下げるのである。それほど切羽詰まっているのだ。

「お坊さんか霊能者さんでも呼ぶしかないですね、先生に頼んでみたらどうでしょうか、気休めでもいいから会いたいと話して外出許可を貰って会いに行きましょう」

「そうね、それがいいです。お腹の赤ちゃんはその後に堕ろしましょう、今堕ろして私に何か影響があるといけないから、真奈美が何かしててもいけないからそのままでお寺に行ってみます。今から先生に話をしに行ってきます。あっ妊娠のことは言わないので警備員さんは安心してください」

真由美の顔に明るさが戻った。

哲也も一緒に先生のところへ行くことにした。哲也と親しい池田先生なら外出許可くらい直ぐにくれるだろうと思ったからである。

予想通り外出許可は直ぐに下りた。親族の了解を得て誰かが付き添うという条件付である。親に電話をして近いうちにお寺に行くことになったと真由美が喜んでいた。


翌日、哲也は真由美に相談を受けた。

「昨晩考えていたんですけど、やはり子供は直ぐに堕ろしたほうがいいと思います。哲也さんの言っていたことが本当ならお腹の子供が魂の入れ物で、それにあたしの魂を入れて堕ろしてあたしを殺す計画でしょ？　それなら真奈美が出てないうちに堕ろしてしまえばあたしを消すことができない、真奈美の計画を阻止できます。だから直ぐにでも堕ろしたいんです。あたしに協力してください」

眉間に皺を寄せた険しい表情で真由美が話した。

「確かに真奈美が出てないうちに堕ろしてしまえば真由美さんの魂を追い出す方法がなくなるから安心だけど、真奈美が邪魔してくるかもしれません、体は自由にならないけど真由美さんが出ている間のことも真奈美は全て夢みたいに見ていると言ってたから」

「真奈美が出てくれれば絶対邪魔しますね、でも哲也さんの話では呪いはまだ完成していないみたいですから今のうちに堕ろせばお寺に行って真奈美を祓えなくてもあたしが消されることはないですよね、あたしが無事なら時間が掛かっても力のある霊能力者を探して真奈美を祓えますよね、だから協力してください哲也さん」

「分かりました。僕も男です。先生に全てを話して堕ろしてもらいましょう」

哲也は覚悟を決めた。真由美との会話は全て真奈美にもバレているのである。哲也は真奈美と決別して真由美と一緒に真奈美と戦うことを決意した。

哲也と真由美は揃って先生のところへ行き今までの出来事を全て話した。

先生にこっぴどく叱られたが真由美が庇ってくれたので大事にはならなかった。早い話、内々に処理されたのである。

真由美は直ぐに各種検査を受けて三日後に堕胎することが決まった。

堕胎前日、真奈美が出てきて散々悪態をついたが、哲也は全て無視したり先生のところへ逃げ込んだりして真奈美を避けた。

「もう少しだったのに、まさか哲也さんが裏切るなんてあたし信じていたのに、悔しい」

真奈美は悪鬼のような顔をして最後にそう言うと消えて、代わりに真由美が出てきた。

「哲也さん今の聞きました。今の真奈美の言葉……よかった、上手くいきそうです」

真由美が泣き笑いの嬉しい笑みを見せた。

哲也も安心してうんうんと頷いた。

無事に堕胎が終わった。真由美の身体には異常なしだ。

不思議なことに堕胎した日から真奈美が出てこなくなった。真由美は真奈美が私を諦めたんだと喜んだ。

その日以降、真由美の症状はみるみる良くなっていった。真奈美が出てこなくなって多重人格はもちろん、鬱も回復した。

半月ほどして真由美の退院が決まった。多重人格は治ったようである。

真奈美はあれ以来出て来ていない。真由美は鬱であったのが嘘のように明るく陽気な性格になった。

退院の日取りが決まった夜、哲也が警備巡回をしていると後ろから真由美が抱き付いてきた。

体を強張らせる哲也の耳元に真由美の唇が迫った。

「うふふっ、いろいろありがとう哲也さん、あなたのおかげで良い体が手に入ったわ、本当に感謝してるわよ、この体が抱きたくなったらいつでも来ていいわよ、哲也さんならいつでも使わせてあげるわよ、あなたにはその権利があるからね」

「お前？　真由美さんじゃない……真奈美、真奈美か……」

「うふふっ、今は真由美よ、これから真由美として生きていくんだもの。やっと体が手に入った。長い間彷徨っていた甲斐があったわ、これであたしもまた生きられる」

自分のことをあたしと呼び、この言葉使い、間違いない、真奈美である。

何処で入れ替わった？　哲也は考えた。

「真由美さんに土下座をして謝った後から……初めの警備員さんって呼んでいたのが真由美さんで次に会った時に哲也さんって呼んでいたのは……そうだ！　あの時、私じゃなくあたしって言ってた………」

「大当たりぃ～、その通りよ、あははっ、うっかり哲也さんって呼んでいたわ、バレなくて良かったわよ」

楽しそうに笑う真奈美の前で焦りを浮かべた哲也が口を開く、

「どうして……真由美さんはどうした」

「もういないわよ、確実に堕ろさせるために一芝居うったのよ。真由美に坊主でも呼ばれちゃ、せっかくの計画が台なしだものね。それこそあたしの方が消されちゃうわよ。だから哲也さんに真由美が相談したあと、力で真由美を押さえてあたしがずっとこの体を使ってたのよ、真由美の振りをしてね。あのバカ女の真似は凄く疲れたわよ」

　真奈美が意地悪顔で勝ち誇ったように笑った。

　哲也は憔悴した声で力なく聞いた。

「まっ、真由美さんはどうなったんだ？　本当にもう消えた……死んだのか」

「うふふふっ、そうよ消えたわ、死んだ。あたしの勝ちよ、この体はこれからずっとあたし一人のもの。どうする哲也さん？　あたしを消せる？　殺せる？　あたしの魂はもうこの体と一つになったの。こうなったらもう坊主でも、力のある霊能者でも、あたしを引き離せないわ。あたしを消すって事はこの体ごと殺すしかないもの。殺人よ、そんな事をする者はいないわよ」

　真奈美が哲也の頬にキスをして自分の部屋へと歩いていく、哲也は呆然として去って行く背を見つめた。

　結局、真由美を救うことはできなかった。


「みなさんいろいろお世話になりました。哲也さんには何かと迷惑を掛けましたね、本当にありがとう。哲也さん、病院の外で会ったらデートしましょうね」

　数日後、家族に迎えられて甲斐真由美さん、いや真奈美は帰って行った。

　何も知らない家族と楽しそうに談笑しながら、見送りに来た哲也にニィーっとあの悪戯っぽい小悪魔のような笑みを見せて彼女は去って行った。

こうして甲斐真由美という人間はこの世から消えた。刑事事件にもならない、誰も罪に問われることはない。だが確かに真由美は死んだのである。

いつの間にか誰かが自分を乗っ取っていく、その恐怖はいかほどだっただろうか、真由美はどれだけ怖かっただろうか、知らなかったとはいえ哲也もそれに手を貸したのだ。

今回の出来事は猛省するしかない。真奈美と出会った一番最初に、いつものように先生に病状を聞きに行けばこんなことにはならなかっただろう。真奈美の誘惑に乗ってしまったことも反省だ。

しかし、一つだけ気になることがある。

二重人格で作られた人格に魂があるのだろうか？

他の人格というだけで魂は真由美と同じなのではないのか？

だとしたら……もう一人の自分、ドッペルゲンガー？

いや真奈美はそんな生易しいものではないだろう。

『やっと体が手に入った。長い間彷徨っていた甲斐があったわ、これであたしもまた生きられる』

真奈美が言った言葉が頭に蘇る。

長い間彷徨っていたとはどういうことだろうか。真由美が言っていた通り、真奈美は悪霊で彷徨っていて真由美を見つけた。

自分にピッタリ合う体を見つけたというのだろうか。哲也は怖いのでこれ以上考えることを止めた。

第九話　隙間

人にも動物にもなにがしか苦手な物はある。哲也は注射と人参が苦手だ。

いい大人なので嫌いと言っても人参が食事に出されても我慢して食べるし、注射も顔を背けながらも受けられる。しかし、ことがアレルギーとなると厄介である。

本人は意識しないでも体が勝手に苦手だ、ダメだと拒否してしまう。下手をすると拒否反応から死んでしまうこともあるのだ。


苦手が極限にまで達すると恐怖症となる。

高い所が苦手な高所恐怖症や尖った物が怖い先端恐怖症などは聞いたことがあるだろう、恐怖症は精神のアレルギーだと哲也は思っている。

普通のアレルギーが生理的拒否なら恐怖症は神経的拒否だ。

アレルギーが食物から金属など多岐に亘るのと同じで恐怖症もたくさんある。

今回の話はそんな恐怖症の話だが少し変わっている。

恐怖の対象が隙間だ。扉の隙間はもちろん、壁や床の隙間などあらゆる隙間が怖いというのだ。偶然その話を聞いた哲也は興味を持って仲の良い看護師に訊ねてみた。

最近他の病院から転院してきた患者が問題の隙間恐怖症だと教えてくれたが、詳しい話は知らないというので、哲也は担当の先生に聞くことにした。

担当医の池田先生は苦手だが、話を聞くために我慢して会いに行った。

池田先生は怖いのではない、その逆だ。変に優しいのである。

哲也に何か特別な感情を持っているのではないかと勘繰るくらいに優しい。だが池田先生は男性である。だから苦手なのだ。

その日の午後、相変わらず変に優しい池田先生に哲也は話を聞くことができた。

聞き終えた後、礼を言って直ぐにでも立ち去りたかったのだが、池田先生に引き留められた。

「哲也君は最近どう？　体の具合は良さそうだけどまだ警備員はやっているのかい？　最近暑いけど体大丈夫かい？　そろそろ前にあげた薬なくなる頃でしょ、これ持っていきなさい、お菓子もあげよう」

「なに言ってんですか先生、当たり前でしょ。警備員のバイトをしてるからここに居るんですよ。先生はいっつも変なことを聞くんだから……。心配してくれるのはありがたいですけどね、先生から貰ったビタミン剤もちゃんと飲んでますから体の調子はいいですよ」

池田先生から薬の入った袋を貰うと、今度こそ哲也はペコリと頭を下げて部屋を出て行った。

廊下で袋の中を覗くと薬の他に饅頭などお菓子が数個入っていた。

先生は苦手だが会いに行くといつもビタミンやカルシウムなどのサプリメントにお菓子まで沢山くれるのでちょくちょく会いに行っている。


問題の患者の名前は寺坂真二《てらさかしんじ》、三十六歳である。

寺坂は二年程前に隙間が苦手になったという。ある日突然苦手になってしまい、扉はもちろん壁に入ったヒビや畳の隙間なども怖がり、新聞紙やガムテープなどで塞がないと生活できないまでになっていた。

本人曰く、隙間から音や声が聞こえたり、何かが覗いたりするのだという。ある日、腕を血だらけにして半狂乱になっているところを同僚と大家さんに取り押さえられ、地元の心療内科に入れられた。しかし半年経っても症状が良くならないので、専門の磯山病院へと転院してきたのである。

恐怖症のほとんどは、幼少期など過去に嫌な実体験をしていたり、嫌なことを見たり聞いたりしたトラウマを持っていて、それが引き金になることが多い。何で隙間が怖くなったのか、隙間に何があるのか、興味が湧かないほうがおかしいだろう。

哲也は興味津々で寺坂に訊きに行くことにした。

はたして会ってみると寺坂は普通の人であった。この人のどこに精神疾患があるのか、話を聞かないと分からないだろう。

以下は哲也が寺坂さんから聞いた話だ。


事の始まりは引っ越した先のアパートで起きた出来事らしい。今から二年前、寺坂が三十四歳の時だ。

寺坂はそれなりの会社に勤め、当時は結構良い給料を貰っていた。

サラリーからしたら良いマンションにも住めるのだが、わざわざ古いアパートを選んで住んでいた。

わびさびと言うか古びた佇まいが好きで、新しいマンションより落ち着くのだという。勤め始めから五年ほど会社の古い寮に住んでいたが、取り壊すというのでこれ幸いとさらに古い木造のアパートを探して引っ越したのである。

そのアパートと言うのが、築六十年近く経っていて建て付けも悪く、ドアや窓に三ミリほどの隙間が出来ていた。顔を近付ければ中を覗くことができるくらいである。

現に、訪問販売員が何度か覗いていたことがあるという。壁にもヒビがあるし、畳もスリ切れて隙間というか割れ目がある。それを当時の寺坂は気にするどころか、逆に気に入っているくらいであった。

当然家賃も安い。先の住人が家賃を滞納して逃げたのだということも聞いた。

噂では失踪したとも言われているが、こういう物件には付き物の話で、寺坂は気にも留めなかった。

引っ越して一ヶ月ほどは何も起こらなかった。台所は狭いし、風呂もなくて不便だが楽しく暮らしていた。


それから暫く経ったある深夜、ふと目を覚ました。

どこかから音が聞こえてくる。寺坂は耳を澄ました。


『チンチン、カラカラ、チンカラリン、チンチン、カラカラ、チンカラリン』


楽しげなお囃子の音が微かに聞こえる。どこかで祭りでもやっているのだろうか？

寺坂は賑やかな囃子《はやし》に釣られるように自然と音の出所を探していた。

『チンチン、カラカラ、チンチン、カラカラ、チンカラリン』

窓だ。窓の隙間、建て付けの悪い三ミリほどの隙間から音がする。

耳を澄まさないと聞こえないくらい微かな音である。現に車が近くの道路を通ると掻き消されて聞こえない。

「お祭りかな？　近くの神社じゃないな、この音はかなり遠くだな。音が聞こえてくる距離に神社なんて他にあったかな、うーっ寒い寒い」

季節は三月、まだ寒い時期である。寺坂は一人呟くと布団に潜り込んだ。

それから三日後の深夜、また音が聞こえた。

『チンチン、カラカラ、チンカラリン、チンチン、カラカラ、チンカラリン』

あぁ、また聞こえる。どっかでお囃子の練習でもしてるのかな、楽しそうだな……。

布団の中で寝ながら楽しげな音を聞いていた寺坂はガバッと起き上がった。

「練習？　深夜二時半にか？　よく考えたらこの前も時間は見てないけどかなり遅かったぞ、祭りにしろ練習にしろ、こんな時間帯にあるわけない」

枕元の目覚まし時計を見つめながら顔を顰めた。

『チンチン、カラカラ、チンカラリン、チンチン、カラカラ、チンカラリン』


なおも窓の隙間からは微かな音が続いている。

寺坂は立ち上がって窓を開けた。

と、その瞬間に音が消えた。

出所を探そうと目と耳を凝らす。月明かりに細く薄暗い道路があるだけだ。

時折少し離れた大きな道路から車の走る音が聞こえてくるが、もうお囃子の音はしない。


「いったい……なんだったんだ？　耳鳴りか幻聴か……寝惚けてたのかなぁ、う〜ん」


首を傾げながら窓を閉めると、寺坂は寒さにブルっと震えて布団に潜り込んだ。

同じような出来事がそれから何度かあった。

何回か外にまで出て確認してみたが音の正体は分からない、音以外にさして害はない、音も楽しげなお囃子だ。古い家なのでこんなこともあるのだろうと気にせず、逆に楽しむような生活をしていた。


そんなある晩、変化が起こった。

『チンチン、カラカラ、チンチン、カラカラ、チンカラリン』

『みてこ～　みてこ～　見て見てこ～　みてこ～　みてこ～　見て見てこ～』

音にもすっかり慣れてしまい、確認しに行くどころか布団の中で目も開けずにまた眠りにつくようになっていた寺坂の耳に、いつものお囃子とは違う人の声が聞こえてきた。

寺坂は布団の中で身を硬くして聞き耳を立てた。

声は如何にも楽しそうに呼び掛けていた。

『チンチン、カラカラ、チンカラリン、チンチン、カラカラ、チンカラリン』

『みてこ～　みてこ～　見て見てこ～　みてこ～　みてこ～　見て見てこ～』

みてこ？　見てみろってことか……何を見るんだ？

寺坂は上半身を起こすと窓をじっと見つめた。

風音に掻き消されそうなくらい小さい音と声だが、確かに聞こえてくる。

寺坂は立ち上がって窓へと近付く、

『みてこ〜　みてこ〜　見て見てこ〜　みてこ〜　みてこ〜　見て見てこ〜』

音と声が聞こえるのを確かめた後、サッと窓を開けた。同時に音と声がピタリと止む。誰も居ないし、誰かが逃げ隠れした様子もない。ただ細い道路があるだけだ。

「外じゃないとすると……まさかな。次の休み、掃除を兼ねて調べてみるか」

明かりを点けて用心深く部屋を見回した。何も変わったところはない。寺坂は別段怖がることもなく、明かりを消して布団に潜った。

なにせ古い家だ、変わったことの一つくらいあるさ、幽霊は正直怖いが、自分に害がないのなら別に良いと考えていた。


次の休日、寺坂は掃除を兼ねて部屋を徹底的に調べてみた。

狭い部屋で寺坂自身持ち物が少ないので調べるといっても二時間も掛からない。

天袋や畳まで剥がして調べたが、別段何も変わったところはない。

ただ、壁に入ったヒビの一つ、多数ある中でも一番割れの大きな所に僅かだが赤黒い染みが付いていた。


血、だろうか？

だが他に染みはないし、壁も床も取り替えた形跡はない。よしんば血だとしても、鼻血か何かが飛んで付いただけだろう……。

赤黒い染みは濡れタオルで拭くと直ぐに落ちた。

壁や天井板にはカビやヤケの染みがたくさんある。それに比べれば一センチくらいのすぐに消えた染みなど問題にもしなかった。

その晩は部屋中を調べて何もなかったことに安心して眠りについた。

『チンチン、カラカラ、チンカラリン、チンチン、カラカラ、チンカラリン』
『みてこ〜　みてこ〜　見て見てこ〜　みてこ〜　みてこ〜　見て見てこ〜』

いつものお囃子とそれに続く掛け声で目を覚ます。

布団から起きて窓に近付いたが、開けずに隙間からそっと覗いた。

「はうぅーっ」

低く唸って体を仰け反らせた。

『チンチン、カラカラ、チンカラリン、チンチン、カラカラ、チンカラリン』

『みてこ～　みてこ～　見て見てこ～　みてこ～　みてこ～　見て見てこ～』

窓の隙間から覗いた先では老若男女が踊り、宴を開いているのが見えた。

「なっなんで、なんだ……アレは？」

寺坂は呟くと、確認するようにもう一度覗き込んだ。
やはり居る。楽しそうに踊り、ご馳走を広げ、酒を飲み顔を赤らめている。
時代劇などに出て来るような着物を着た人々が十五人ほど楽しそうに宴を広げていた。
『チンチン、カラカラ、チンカラリン、チンチン、カラカラ、チンカラリン』
『みてこ～　みてこ～　見て見てこ～　みてこ～　みてこ～　見て見てこ～』
音と声が一段高く大きくなり、中の人々が一斉にこちらを振り向いた。
全員がこれ以上ないという満面の笑みで寺坂を見つめている。
「なっ、何してんだあんたらっ！」

寺坂は裏返った大声を上げながら窓を開けた。

「えっ……」

呆然と細い道を見つめた。

誰も居ない。音も止んでいる。寺坂は静かに窓を閉めた。

「そういえば昼だった。あいつら昼間の、桜の花が咲く中で宴会してやがった。どこだ？　桜なんて向こうの公園にしかないぞ、それにまだ一つも咲いてないぞ」

疲れたようにテーブル横に座ると呆けた顔で窓をじっと見つめた。


翌日から毎晩音と声が聞こえるようになった。まるで正体がばれて開き直ったかのように大きく聞こえる。

寺坂は何度か覗いてみた。

隙間から覗くとやはり人々が宴を繰り広げているが、窓を開けると何もない。その時は不思議と怖くはなかった。彼らは何をするでもなく楽しそうに宴会をしているだけである。

友人を呼んで驚かしてやろうとしたこともあったが誰か居ると鳴ることはなかった。

寺坂は自分がおかしくなったのかとも思ったが、音を録音することができた。それは他人にも聞かすことができたので、確かに鳴っている事は確認できた。耳鳴りや幻聴などではないのである。

寺坂は一安心したが、逆にこの世ならぬ者の存在をも確認したことになる。


「これ以上関わるのはダメだな、そのうちに消えるだろう」


寺坂は無視を決め込んだ。

音が聞こえても、声が聞こえても、布団から起きることはしない。自分に害がないなら放って置けばいい、下手にちょっかいを出して何かあると大変だと考えた。

一ヶ月ほど放っておいたが音が止むことはなかった。

ある晩、掛け声が変わっていることに気付いた。


『チンチン、カラカラ、チンカラリン、チンチン、カラカラ、チンカラリン』

『いれてこ、いれてこ、ゆび入れてこ〜　いれてこ、いれてこ、ゆび入れてこ〜』


確かに掛け声が変わっていた。見てこが入れてこに変わっている。

指を入れろと言っていた。

そっと隙間を覗いてみると相変わらず着物姿の老若男女が楽しげに歌い踊っている。

『チンチン、カラカラ、チンカラリン、チンチン、カラカラ、チンカラリン』

『いれてこ、いれてこ、ゆび入れてこ～　いれてこ、いれてこ、ゆび入れてこ～』


寺坂が覗いていることに気付いて音と声が大きくなった。

人々が振り向いて寺坂を見つめる。

ここまでは以前と同じだ。

だがその日は違った。

全員が満面の笑みをして手招きしている。寺坂はまるで操られるように人差し指を隙間に近付けた。


その時、前の細い道路を車が通った。古いアパートが振動する。

寺坂がハッと我に返ったように指を引っ込めた。

同時に音が止んだ。隙間から見えていた人々の顔から表情が消えている。全員恨めしそうな目でじーっと見ていたかと思うとスーッと薄くなり消えた。

「うぅーっ、なっなんなんだ。指を入れてたらどうなってたんだ」

まだ肌寒い三月だというのに背中を脂汗でぐっしょりと濡らして寺坂は立ち尽くす。隙間風が汗を冷ましていく。隙間からは外の細い道路しか見えなかった。


次の夜も音に起こされた。

寺坂は窓をサッと開けた。窓を開けると音は消える。もう関わり合いにならないように音が鳴るとすぐに窓を開けるように決めたのである。

音が鳴って目を覚まし窓を開けて音を消すという日々が一週間ほど続いたある晩、その日は一度では音が止まらなかった。

いつもは一晩に一度音が聞こえるだけだったのがその晩は何度も続いた。結局明け方近くまで十回以上も窓の開け閉めを繰り返した。


その日以来何度も音が続くようになった。寺坂は寝不足になり仕事にも影響が出るようになる。

『チンチン、カラカラ、チンカラリン、チンチン、カラカラ、チンカラリン』

『いれてこ、いれてこ、ゆび入れてこ〜　いれてこ、いれてこ、ゆび入れてこ〜』

「くそっ、なんだよ！　指入れたら何があるんだよ」

ある晩、寝不足でイライラしていた寺坂は隙間をまた覗いた。

いつもの着物姿の老若男女が、楽しそうに宴を開いて寺坂を見て手招きをしてくる。みな満面の笑顔だが、その目が何か禍々しいものに思えた。

正体を確かめるようにしばらく見ていると寺坂も楽しくなってきた。


指が、いつの間にか窓の隙間近くにあった。


「あてっててっ！　おーヤバ、また入れそうになったぞ」

ふと正気に戻った。

寝不足で踏み出した足の指先が壁に当たったのである。

『チンチン、カラカラ、チンチン、カラカラ、チンカラリン、チンカラリン』

『いれてこ、いれてこ、ゆび入れてこ～　いれてこ、いれてこ、ゆび入れてこ～』


足を思いっきりぶつけて窓が揺れたが音は相変わらず鳴っていた。

「そうだ、入れて欲しいんだったら入れてやるよ」

窓の右、日差しを避けるように机が置いてある。その上にある筆立ての中からプラスチック製の定規を掴むとまた覗き込む。

『チンチン、カラカラ、チンカラリン、チンチン、カラカラ、チンカラリン』

『いれてこ、いれてこ、ゆび入れてこ～　いれてこ、いれてこ、ゆび入れてこ～』

隙間の向こうは相変わらず宴会だ。

寺坂は定規を隙間に差し込んだ。音と声がピタリと止んだ。

次の瞬間、定規に重みが乗った。向こう側で誰かが握っているような重みである。

「うわーっ、くっなんだ、何なんだ」

物凄い力で定規が引っ張られた。

定規を握った寺坂の腕が窓枠に当たる。定規が掌の中を引っ張られて抜けて行った。

焦りながらも寺坂は隙間を覗いた。既に何も居なかった。アパート前の細い道路と民家の壁が見えるだけである。

窓を開けて確認してみたが、何も変わったところはない。引っ張られていった定規は何処にもなかった。


「指を入れてたらどうなってたんだ……」


手には定規を力いっぱい握って出来た圧迫痕が残っている。

掌の赤い二つの筋を見つめる寺坂の顔が引き攣っていた。

その日はもう音は鳴らなかったが、次の晩からまた当然のように鳴り出した。

寺坂はもう窓を開けることもしなくなった。怖くなったのである。もし窓を開けてあいつらが居たら、向こうの世界に繋がってしまったら、定規を物凄い力で引き込んだみたいに自分も引き込まれてしまったら……。そう考えると怖くて窓を開けることができなくなった。


「隙間だ。窓の隙間を防ぐしかない、明日ホームセンターで何か買ってこよう」

翌日、会社帰りにホームセンターで隙間テープを買ってきた。

五ミリ厚のゴムで出来た細長いテープだ。柱や扉に貼って隙間をなくし、冷暖房の効きをよくするために市販されている物である。


作戦が効を成した。その日からピタリと音が止まったのである。

三日経っても音は鳴らない。

「ふぅーっ、良かった。これがダメなら引っ越ししかないもんな」

寺坂は窓の隙間があったところを見つめて安堵の溜息をついた。


二週間経っても音は鳴らなかった。

仕事の忙しさと友人たちとの付き合いで音のことを忘れかけていた頃、深夜ふと目を覚ました。

どこかから小さな音が聞こえてくる。

『チンチン、カラカラ、チンカラリン、チンチン、カラカラ、チンカラリン』

寺坂は体を強張らせて耳を澄まし窓を見つめた。

違う、窓からは音は聞こえてこない。寺坂は布団の中で音の出所を探った。

「外から聞こえてくるのか、玄関？」

音を立てないようにそっと布団から起き上がると玄関に向かった。
音がはっきりと聞こえてくる。やはり玄関からである。
寺坂は玄関のドアの隙間を見つめた。アパートが少し傾いているらしく、開く方とは逆、軸になっている方に三ミリくらいの隙間があった。

『チンチン、カラカラ、チンチン、カラカラ、チンチンカラリン、チンチンカラリン』
『いれてこ、いれてこ、ゆび入れてこ～　いれてこ、いれてこ、ゆび入れてこ～』

寺坂が来たのが分かったかのように音が大きくなった。
間違いなくドアの隙間から音が鳴っていた。掛け声が指を入れろと言っている。
確認のために隙間を覗くと着物を着た人々が満面の笑みで手招きをしていた。

「うるさい！　もう出てくるな！」

乱暴にドアを開け閉めすると音は消えた。

翌日、ホームセンターでいろいろなサイズの隙間テープを買ってきて、玄関のドアはもちろん、押入れの扉やトイレのドアなど部屋中の扉の隙間を塞いだ。

音は止まった。一ヶ月以上経っても音は鳴らなかった。

当然だと思った。ドアや窓など扉の隙間は全て埋めたのだから。

「よっしゃあぁ、もう大丈夫だ。もしまた聞こえても隙間を塞いだらいいんだ」

寺坂は部屋の真ん中で一人ガッツポーズを取った。


季節は五月になっていた。

会社の飲み会で、終電を逃した後輩と新入社員が、寺坂の部屋に泊まることになった。

「よーしっ、じゃ俺の部屋で三次会でもするか」

「じゃコンビニで酒でも買いましょう。覚悟しとけよ新入り、先輩の部屋な、昭和と言うか終戦直後みたいな感じのボロアパートなんだぞ。その代わり気兼ねなく飲める。隣りは空き部屋だしな」

「確かにボロだが終戦直後は酷いぞ、まあ気兼ねなく飲めるのは間違いないがな」

仲の良い後輩に寺坂はムッとした後、大笑いした。

三人は酒とツマミを買って寺坂の部屋へと向かった。

新入社員の青木がアパートを見て固まった。

「寺坂主任マジでここに住んでるんですか」

青木が青い顔で聞いた。先程まで赤ら顔だったのが真っ青である。

「どうだ。凄いボロだろ、中も凄いぜそこらじゅうヒビだらけ」

「どうした青木顔色悪いぞ、吐くなら便所で吐けよ、俺ん家の前で吐くなよ」

後輩が笑う隣りで、寺坂が青木の様子に気付いて声を掛ける。

「違うんです。寺坂主任この部屋長いんですか？　変わったことはありませんか？」

「ん〜っ、三ケ月くらいだな、別に何もないぞ、さあ入った入った」

かなり酔っていた寺坂は音のことなどすっかり忘れて何もないと答えた。

早速部屋に入って宴会が始まった。

寺坂と後輩と青木の三人である。赤ら顔の二人とは違い、青木は真っ青な顔で、落ち着きなく部屋のあちこちを見回している。

「寺坂主任すいません、気分が悪いんで自分帰っていいっすか。友達に電話して迎えに来てもらいますから、何か酔いすぎたみたいで家に帰って薬飲んで寝ますわ」

青木が真っ青な顔で頭を下げる。

「ん？　そうか、残念だが仕方ないな。お前凄く顔色悪いからな、迎えが来るまで寝てろ」

「いえ、大通りのスーパーの前で待ち合わせするってメール送ったんでそこで待ってますわ」

言葉を遮るように答える青木の顔を寺坂が心配そうに覗き込んだ。

「そうか、大丈夫か？」

「主任……よく住んでいられますね」

余程気分が悪いのか、嘔吐しそうな顔でぼそっと言った青木を寺坂は怪訝な目で見つめた。

「何が？」

「いえ、何でもありません、じゃあ、失礼します」

ペコッと頭を下げると青木は逃げるように部屋を出て行った。

夜も更けて静まり返った町中、青木が細い道路からボロアパートを見上げる。

「こんな禍々しいの初めてだ……」

すっかり酔いも覚めたのか、その顔に血色が戻っていた。


寺坂と後輩はそのまま二人で飲み続け、酔い潰れるように床に転がって眠った。

深夜、寺坂は尿意を催して目を覚ました。後輩を跨いでトイレに入って用を済ましてまた床に転がる。

その耳に、音が聞こえてきた。

『チンチン、カラカラ、チンカラリン、チンチン、カラカラ、チンカラリン』
『いれてこ、いれてこ、ゆび入れてこ〜　いれてこ、いれてこ、ゆび入れてこ〜』

寺坂が起き上がって部屋を見回す。音は一つではなかった。
壁のヒビ割れの隙間、擦り切れた畳の隙間、台所の床板の隙間、あらゆる隙間から鳴っていた。

「おいっ、起きてくれ、おいっ！　音が聞こえるんだ、前に言ったろ音が聞こえるんだ」

横に転がる後輩を揺すり起こした。

「ん〜ん、音？　何言ってんですか先輩、音なんて聞こえませんよ、酔ってんですよ先輩」

後輩が転がったままで眠そうに答える。

「本当に聞こえないのか？　アレだけ鳴ってんだぞ、あちこちからいっぱい」
「ほんと何言ってんです。何も聞こえませんよ、どこの隙間です？　自分が見ますよ」

後輩が起き上がって寺坂が指す壁のヒビ割れた隙間に頭を近付けた。

「何も見えませんよ、真っ暗です。先輩酔ってんですよ、耳鳴りがそう聞こえんですよ」

「本当か、着物着たヤツが宴会してないか？　指入れろって言ってないか？」

「居ませんよ、真っ暗です。指ですか？　こんな隙間に指が入るわけないでしょ、ほら先輩」

後輩が人差し指を壁に出来たヒビ割れの隙間に何度もトントンとあてて見せた。

隙間は五ミリもない、指が入るはずはない。当然何も起こらない。

「本当だ。じゃあ全部俺の錯覚、今聞こえてる音も幻聴か、ははっ、そうかそうだよな、こんな隙間に指が入るわけないもんな」

寺坂は頭を振って苦笑いをすると、左の人差し指を隙間にあてた。


「せっ、先輩……指が……」

後輩が真っ青になって壁を見つめる。

寺坂の指が壁にめり込むようにして入っていた。

「うわあぁーっ、ひっ引っ張られる。助けてくれーっ、痛い、指が痛い」

向こうから引っ張られているかのように左腕を伸ばして寺坂が叫んだ。

人差し指は根本まで壁に埋まっている。

後輩が慌てて寺坂の左腕を掴む。

「冗談でしょ先輩、止めてくださいよ、早く抜いてくださいよ」

寺坂の腕を引っ張りながら後輩が震える声で言った。

冗談でないのは分かっていた。先に自分が壁を調べたのだから、あの隙間に指など入るはずがないのである。

「たっ助けてくれーっ、熱い痛い、痛いーっ、うぅあぁぁ〜〜っ、噛まれてる指が、俺の指を噛んでやがる。うわあぁあぁーーっ、あいつら俺の指を食い千切りやがった」

二人は力いっぱい引っ張って壁から腕を離し、尻餅をついて座り込んだ。

寺坂の左手の人差し指の先がなかった。第一関節から先が焼き切られたように赤黒く固まりその端から血が出ている。

指から流れ出た血が寺坂の手を赤く染めていく、焼かれたような肉の焦げた匂いもする。

「うわっうわあぁぁあぁぁ～～っ、前のやつもだ、前の人もやられたんだーっ」

錯乱して暴れる寺坂を後輩が取り押さえようとするが一人では押さえきれない、騒ぎを聞いて近くに住む大家さんが警察と共に駆けつけて来て寺坂を取り押さえた。


寺坂は見たのである。

初めに部屋中を調べた際に、壁の隙間に赤黒い染みが付いていたのを。今まさに同じ場所が自分の血で濡れている。きっと前の住人も同じような目にあったのだろう。その住人が行方不明になったことは部屋を借りる時に聞いていた。


前の住人はどこへ行ったのか？　いや、どこへ連れて行かれたのか？　それを考えた寺坂は恐怖に我を失った。

寺坂は錯乱したまま治らなかった。近くの心療内科に入れられたのだが、症状が悪化して磯山病院へと転院してきたのである。

以上が寺坂さん本人から聞いた話だ。

「それで隙間恐怖症になったんですか。大変ですね。それにしても徹底してますね」

哲也は寺坂の個室を見回した。

あちこちにガムテープが貼ってある。隙間を塞いでいるのだろう。開いている所といえば、空調の送風口くらいだ。それもダンボールで囲って覗き込まないと見えないようにしてあった。

「あの部屋だけじゃないんだ。あのボロアパートだけじゃなく、俺についてくるんだ。隙間があると音が鳴る。声が聞こえる。あいつらついてきてるんだ。俺を狙ってるんだ」

寺坂が憔悴した顔をして身振り手振りで答えてくれた。

その左手の人差し指の先は確かになかった。哲也は礼を言って部屋を後にした。

その夜、見回りをしていると寺坂の部屋から何か聞こえてきた。

『チンチン、カラカラ、チンカラリン、チンチン、カラカラ、チンカラリン』

『いれてこ、いれてこ、ゆび入れてこ～　いれてこ、いれてこ、ゆび入れてこ～』

聞き耳を立てないと聞き取れないくらい小さな音だが、楽しげな音色が確かに聞こえる。

「止めろーっ、止めてくれ、助けてくれーーっ」

寺坂の悲鳴に、哲也は慌てて部屋へと入る。

ベッドの上で、寺坂が布団に包まって震えていた。

空調の送風口の近くに枕が転がっている。寺坂が投げたのだろう、送風口を囲むように置いてあったダンボールがへこんでいた。

「ああ、警備員さん、助けてくれ。聞こえたんだ。音が、声が。……ここにもあいつら追いかけて来たんだ。指を入れろって言うんだ。助けてくれ……助けてください警備員さん」

哲也を見るなり寺坂がすがり付いてきた。よほど怖いのだろうブルブル震えている。

「どこから聞こえてきたんです。あそこですか？」

「そこだ。そのダンボールの中から聞こえてきたんだ。あそこ隙間があるだろ」

哲也が送風口を指さすと、寺坂は大きく頷いて答えた。ダンボールをどけて送風口を覗き込んで見るが、何もない空調の風が吹き出しているだけである。

「何もありませんよ、空調の振動音が聞こえたんですよ、きっと。昼間話をしたからそれで思い出しただけですよ。ここは大丈夫、先生たちも居ますし僕も見回ってますから」

「ああ……うん、そうだ、ここは大丈夫だよね。今も警備員さん来てくれたし大丈夫だ」

哲也が枕を拾って渡すと寺坂は安心したのか何度も頷いてベッドに横になった。

「安心して寝てください、夜は何度も見回りに来ますからね、ここは大丈夫安心ですよ」

落ち着いたのか寺坂は静かに目を閉じた。

哲也はそっと部屋を出ると、しばらくは廊下で様子を見ていた。そのまま何も起こる気配がないのを確認して、また巡回を再開した。

寺坂は人望があったらしく、今でも時々仕事仲間だった人が見舞いに来る。

隙間の話を聞いてから一週間ほどたった頃、二人の見舞い客が来た。

一人は事件現場にも居た後輩で、もう一人は当時新人だった青木さんだ。

たまたま哲也が寺坂の部屋の前を通った時に呼び止められた。

「ああ警備員さん、よかったらこれ持っていってください。一人じゃ食べきれないから」

「寺坂さん、お見舞いですか？　いいですね、わぁ美味しそうなお菓子。貰ってもいいんですか？

ありがとうございます」

高そうな洋菓子を三つほどお裾分けして貰い、哲也は客人に頭を下げた。

二人の見舞い客のうち一人の顔が真っ青なのに気付いた。

「こちらね、お世話になってる警備員さん。この人が夜見回ってくれるから安心して眠れるんだ。

この前も変な幻聴を聞いて震えてるところを助けてもらったんだよ」

寺坂が哲也を持ち上げて紹介してくれた。

哲也は照れくさい思いで再度頭を下げる。

寺坂の話を聞いて、もともと青かった青木の顔色がさらに悪くなる。

「大丈夫ですか？　気分でも悪くなりましたか、ロビーに行って少し休みましょうか」

「おいおい青木、見舞いに来てお前が気分悪くなってどうすんだ、まったく。まあいい、俺は先輩とまだ話があるからお前は少し休んでろ。警備員さん、悪いけどお願いできますか？」

「はい分かりました。じゃあロビーに行きましょうか」

哲也は青木をロビーへと連れて行った。青木は廊下を歩いているうちに嘘のように血色が良くなっている。哲也は何かピンと来て青木を見つめた。

ロビーの自販機でカップコーヒーを買い、青木に手渡しながら哲也は水を向けた。

「あのぅ……寺坂さんの隙間のことなんですが……じつは僕も聞いたんですよ、昨晩。小さくて確信はもてませんが、何かお囃子のような音と、入れろって声が聞こえたような気がするんです。一週間ほど前に寺坂さんから隙間の話を聞いてたから、僕も幻聴を聞いちゃったのかなって思ってるんですけど……。もしかして、青木さんも聞いたんじゃないんですか？」

「音は聞いていません。でも、分かるんです。自分、昔から霊とかそういうものが見えるんです。二年前に寺坂主任のアパートに行った時も、何か禍々しいものが居るのが分かったんです。けど主任は何もないって言うし、自分みたいな新人が何か言える立場じゃないじゃないですか。だから何も言わなかったんです。でも、あの時言っていれば主任を助けることができたかもしれないのに……あれは地獄です」

青木はぐいっと熱いコーヒーを飲むと続きを話し始める。

哲也は自分の飲み物を買うのも忘れて話に聞き入った。

「自分なりに調べてみたんです。たぶん、あれは地獄です。何らかの事情でアパートの隙間と地獄が繋がったんでしょう、すぐに離れれば良かったんです。ずっと住んでいたから地獄に魅入られたんだと思います。寺坂主任は地獄の住人に気に入られたんです」

青木は眉間に皺を寄せ、険しい表情をしている。とても冗談で言っている顔ではない。

「地獄って、そんな……」

「バカバカしいでしょ？　自分もそう思います。でも、そうとしか言いようがないんです。自分だって本当に地獄があるかなんて分かりません、でも地獄に近い、そんな世界としか言いようがない……。そこに寺坂主任は魅入られた。指も地獄の業火で焼き切られたんだと思います。あれは地獄なんです」

誰に言っても信じてもらえないのは、本人が一番分かっているような口ぶりである。

「部屋に初めて行った時に自分がどうにかしていれば……悔やんでも悔やみきれません、もう自分では……いや、たとえ力のある人でも助けられないでしょう。警備員さんも音を聞いたと言いましたね？　いいですか、絶対に覗いてはいけません。見ると……顔を見せると、連れて行かれますよ、あいつらに……」

険しい表情のまま青木が立ち上がった。

ロビーに繋がる階段から寺坂たちが降りて来ていた。

青木が会釈をして去って行く。哲也は椅子に座ったまま動けなかった。

青木の話は到底信じられなかったが、数日後、信じざるを得ない出来事が起きた。

寺坂が殺されたのである。それも首をもぎ取られるという残忍な方法で。

寺坂は部屋の隅、空調の送風口近くで倒れていたのを発見された。

頭を切り取られた姿に大騒ぎになり警察も呼ばれた。哲也も関係者として現場を見たが、不思議なことに床や周囲に血の染みは一滴もなかった。

空調の送風口にべったりと赤黒い血の塊が付いていていただけである。首を切り落として血が飛び散らないなどありえないことだ。

もう一つ不可解なことがあった。切り落とされた寺坂の頭部が見つからないのである。病院内はもちろん、周辺をくまなく捜索されたが見つからなかった。

病院のあちこちにある監視カメラにも怪しい人物は写っていない。犯人の手掛かりは一切なかった。

哲也は隙間の話を警察に話したが、当然取り合ってもくれなかった。

そのままこの事件は迷宮入りすることになる。

だが、哲也には想像できた。寺坂に何が起こったのか……。

あの夜、哲也が聞いた声は確かにこう言っていたのである。


『いれてこ、いれてこ、くび入れてこ〜　いれてこ、いれてこ、くび入れてこ〜』


寺坂は指と言っていたが哲也には首に聞こえた。

初めから指ではなく首だったのではないだろうか。寺坂は操られて送風口に首を入れたのではないだろうか。

その先はどこに繫がっていたのか。青木の言っていた通り地獄だろうか。哲也には分からない。

寺坂は壁や窓の隙間ではなく、心の隙間を突かれて何か邪《よこしま》なものに入り込まれたのではないだろうか。怪異が起こっていたにも拘わらず、自身に害がないからとろくな対策もとらなかった。その怠慢、油断といった心の隙に付け入られたように思う。

誰にでもある心の隙間、そこに入り込む邪悪なもの。哲也はあの音が二度と聞こえてこないことを願った。

第十話　警備員

哲也の同僚の警備員である園田俊之《そのだとしゆき》さんは少し変わっている。

おっとりしているのだが俊敏と言うか神出鬼没なのだ。前に居たと思えば後ろに居るという具合に、突然現れて吃驚することがよくある。

園田さんは六十歳だ。哲也の三倍生きている大先輩である。

磯山病院での勤務は長く、哲也もいろいろ教えてもらった。

最近、園田さんの様子がおかしいことに気付いた。

一番端にあるA病棟に近付かないのである。このままだと警備巡回にも支障が出るかもしれない。

どうしたものかと考えあぐねていたある日、昼食をとろうと警備員休憩室を出たところで、園田さんにばったり会った。先輩警備員に小言を言うつもりはないので、哲也は何故A病棟へ近付かないのかやんわりと訊いてみた。

「園田さん、変な事訊いてもいいですか？」

「なんだい哲也くん、改まった顔して」

「A病棟に何かあるんですか？　園田さんここ二日ほど見回りしてないですよね。何かあるなら僕に言ってください。世話になってるんですから、僕にできる事なら何でもしますよ」

始終にこやかだった園田の顔付きが変わった。

「この時期はね、出るんだよ。お化けが出るんだ。わたしゃお化けだけは苦手でね。だから悪いけどA病棟の見回りだけは勘弁してくれないかな。哲也君には悪いんだけどさ……」

頬を引き攣らせた園田が拝むようにして頼んできた。

自分の父親より年上の園田に頼まれては、嫌とは言えない。それに哲也も、真奈美の部屋に近付きたくなかった時など、いろいろ代わってもらったのが園田さんだ。

「お化けですか……いいですよ交代くらい。でも、どんなお化けが出るんですか？　もちろん怖いですけれど、見えるだけで何もしてこないのなら僕は平気ですから」

「それが恐ろしい顔をした女なんだ。もう鬼のような形相で追いかけて来るんだよ。まあ、追いかけてくるだけで何もされたことはないんだけどね。もうわたしゃ、あの顔を思い出すだけで怖くてダメなんだ。哲也君の前にも他の人に代わってもらった事があるんだが、その人には見えなかった。見える人と見えない人が居るみたいなんだよ。もし哲也君にも見えたらまた他の人に代わってもらうからさ。悪いけど今晩から頼むよ」

哲也が快諾すると、園田は安心した様子で哲也と入れ替わるようにして警備員休憩室へと入っていった。

哲也は少し高揚していた。怖かったが、鬼のような女の幽霊とやらを見てみたいという好奇心が勝ったのである。追いかけてくるだけで何もしないのなら一度くらい見てやれという気持ちだ。

その夜から、哲也は園田と交代してA病棟を見回った。

磯山病院は大きな病院で、普通の入院病棟が八棟もある。一人で全部見回るのは時間が掛かるため、いくつかの棟に分けて交代で見回るのだ。

今週哲也はE～H棟の見回りだったのを園田のA～D棟と交代した。

その日は怖さ半分、期待半分で見回ったのだが、女幽霊は出てこなかった。

園田が見える人と見えない人がいると言っていたのを思い出し、少し残念な気持ちで休憩室へと戻った。

「ひぃいぃーっ、でってた。出たーっ、出たんだよ、あいつが出たんだ」

園田が真っ青な顔で休憩室へ入って来ると、哲也の顔を見るなり大声で叫んだ。

「落ち着いてください、園田さん。出たって、女幽霊がですか？　どこで見たんですか？」

「えっF病棟で……F病棟に居たんだよ。物凄い形相で私を追いかけてきたんだ」

落ち着かせようと哲也が渡したコップのお茶を園田はゴクゴクと飲み干した。

よほど慌てて走って来たのだろう。今度は自分でコップにお茶を注ぎながら続けた。

「F病棟の五階トイレの電気が消えてたから、おかしいと思って調べに入ったんだ。そしたら個室から苦しそうな呻きが聞こえてきて。ドアに鍵が掛かってたから、こりゃいけんと思って道具入れから脚立を出して上から覗いたんだ。そしたら、そしたら男の人が苦しそうに倒れていたんだ。それで慌てて看護師さんに連絡しようと廊下に出たら、あの女幽霊が恐ろしい形相でわたしを追いかけてきたんだ。それで今逃げてきたところだ」

少し落ち着いたのか、園田は一気に話し終えるとコップのお茶をぐいっと飲み干した。

「ちょっ、待ってください、トイレで倒れてた男の人はどうしたんですか」

「あーっ、そうだ、そうだ。忘れとったわ、どうしよう哲也君」

慌てて訊ねる哲也にまるで他人事のように笑いながら園田が答えた。

「どうしようって、すぐに行きますよ、僕も行きますから一緒に来てください」

長椅子に座り込んだ園田の腕を引っ張って哲也は立ち上がった。

二人でF病棟へと向かう、

「そんなに急がなくても大丈夫だと思うよ、もうあの人は居ないんじゃないかな」

「何言ってんですか、園田さんが放って来たんでしょ、居ないなら居ないでいいです、確認するのが警備員の仕事でしょ」

後ろで呑気な声を出す園田に少しイラッとして声を荒げた。

当然である。予定表ではF病棟の見回りは哲也が担当になっている。園田と交代したとはいえ何かあれば哲也の責任問題になる。

F病棟五階のトイレに入ると、園田が使った脚立が三つ並んでいる真ん中の個室のドアに付けるようにして置いてあった。

個室には鍵が掛かっている。哲也はヤバイと思いすぐに脚立に登って中を覗いた。

「ねっもう居ないでしょ」

呆然と中を覗きこむ哲也の後ろで、園田が呑気な声を掛ける。

哲也はトイレのドア枠に腕をかけよじ登り、上から中に入ると個室の鍵を開けて出てきた。

「僕をからかったんじゃないでしょうね、冗談でもこれは酷すぎますよ」

「違うよ、私はそんなことしないよ。第一、この歳で哲也君みたいに登ったりできないよ。私が見た男の人も普通の人じゃなかったんだな、あの女幽霊とグルかもしれないよ」

ムッとした哲也の顔が怖かったのか、園田が慌てて弁解する。

哲也は表情を緩めた。脚立を使っても個室に上から入るのは大変だったのである。ましてやトイレの中から鍵を掛けて上から出てくるなんて、園田にはできそうにない。

「中にいた男も幽霊だって言うんですか？　じゃ男と女の二人幽霊が居るってことですか」

「うん、そうなるね。でも男の方は大丈夫。女が怖いねぇ、追いかけて来るんだからさ」

怪訝な表情で聞くと、園田は真剣な表情で頷いてから答えた。


次の夜、A病棟を見回っていた哲也は、個室から患者が出てくるのを見た。

遠目に見たところ髪が長く女性らしい。

時刻は深夜の二時を回っていた。

トイレにでも行くのだろうと思った。だが女は部屋の前から動かない。近付くにつれ、その女のただならぬ雰囲気に気付いた。

睨んでいる。

女は哲也を恨めしそうに、憎らしげな眼差しで睨んでいた。

「どっどうしました？　気分でも悪くなりましたか、看護師さんを呼びましょうか」

三メートルほど近付いた時に声を掛けた。自分でも声が震えているのが分かる。
『憎い憎い、男が憎い、私を殺した男が憎い、あの男はどこだ』
鬼のような形相をした女が哲也に掴みかかろうとする。
「ひぃーっ、うっうわあぁあぁ」
その場で回れ右をすると全力で逃げ出した。
後ろから女が追いかけてくるのが気配で分かる。
もう見回りどころではない、哲也は必死に逃げて警備員の休憩室に入った。
休憩室には誰もいない、哲也はコップにお茶を注いで一気に飲んだ。
「どうだい、居ただろう幽霊。あの女、まだ成仏できずに彷徨ってやがるんだ」
すぐ後ろから声が聞こえた。誰も居なかったはずだ。
哲也は咄嗟に振り向いた。

「なっなんだ園田さんか、驚かさないでくださいよ。幽霊かと思うじゃないですか」

「ははっ、悪い悪い。哲也君があまりにも驚いた形相で入ってきたんでちょっとね」

体を仰け反らせて驚いている哲也を見て、園田が楽しそうに笑った。

「もう園田さん勘弁してくださいよ。そうだ、居ましたよ女幽霊。物凄い顔で追いかけてきました……もう怖くて、必死で逃げてきましたよ」

「ああ、知ってるよ。大変だったね、悪かったね。でも後一週間の辛抱だよ、あいつが彷徨うのはこの時期だけだから。哲也君、悪いけどもう少しだけ頼むよ。いつか埋め合わせはするからさ」

安堵の溜息をつく哲也に、青白い顔をして園田が頼んだ。

いつもよりさらに青白くなっているのを見て、園田も怖いんだなと思った。

「一週間だけですか。でも誰に恨みがあるんでしょうね、憎い憎いと言ってましたよ」

園田は黙り込んで何も言わない。

あと一週間だけというので、哲也は仕方なく引き受けた。

それから何度か女幽霊に追いかけられて休憩室に逃げ込むことがあった。

あと二日で終わるという頃、哲也はまた女幽霊を見た。

「わあぁっ！　来るな、僕は何も関係ないだろ」

「中田さん、中田哲也さん大丈夫ですか、どうしたんです？　そんなに大慌てでこんな時間に迷惑ですよ、他の患者さんみんな寝てるんですからね」

廊下を走って逃げる哲也を看護師が呼び止めて近寄って来た。

よく知っている仲のいい看護師である。女幽霊の気配はもうなかった。哲也は看護師にすがり付いて話した。

哲也の話を聞いていた看護師が、女幽霊の特徴を聞くと顔を曇らせた。

「髪が長くて目は切れ長、左目の下に大きな黒子のある三十歳くらいの女性……本当に見たの哲也さん？　そう、んー……それ岡松さんだ。あっ私見回りがあるから詳しくは明日ね。哲也さんも部屋に戻って寝なさいよ」

看護師は険しい表情で声を潜めてそう言うと、哲也の肩をポンと叩いて見回りに行った。

警備員休憩室に戻る。

園田は居なかった。奥のベッドで眠っているのだろう。哲也は休憩室の長いソファに横になっていつの間にか眠っていた。

夢を見た。

夢の中で、園田が女の人に乱暴している。嫌がる女性の首を絞めていた。その女性の顔、左目の下に大きな黒子があった。あの女幽霊と同じだ。

「うわぁあぁっ」

哲也は汗びっしょりで目を覚ました。

気配を感じてサッと振り向くと、枕元に誰かが立っている。園田だ。声を掛けようとすると、園田はスーっと溶けるように消えた。

「そっ園田さん！」

哲也は慌ててガバッと上半身を起こして辺りを見回した。

誰も居ない。

休憩室は哲也一人だけである。寝惚けたんだと思い、汗を拭き、お茶を飲むとまたソファに横になった。


翌日、看護師が詳しい話をしてくれた。

七年前にA病棟で殺人事件があったのだという。その時の被害者が岡松幸子《おかまつさちこ》という入院患者で、哲也が見た女幽霊と特徴が一致した。

「殺人事件ですか、じゃあ僕や園田さんはその女の人の幽霊に追いかけられたんですね」

「ちょっ、哲也さん、今何て言いました。園田さんって……」

「園田さんですか？　ほら僕と同じ警備員の園田さんですよ、今は夜間警備だけ来てるみたいですけど、昔は今の僕と同じで二十四時間交代で常駐勤務してたんでしょ？」

哲也の話を聞いて、みるみる看護師の顔色が変わっていく。

「園田さんなんて警備員は居ません。いや、以前は確かに居ました……七年前までは。でも自殺したんです。七年前、岡松幸子さんを殺した犯人が園田俊之なんですよ。園田はここの警備員でした。患者だった岡松さんに恋をして、それが受け入れられないと分かると岡松さんに乱暴をして、殺して、自分も自殺したんです。哲也さん……本当に見たんですか？」

「冗談でしょ、看護師さん。僕をからかってるんですか？　だって僕、昨日も園田さんと一緒に警備の夜間巡回しましたよ。休憩室でご飯も食べたし、オセロゲームもしましたよ」

哲也は看護師に担がれているのだと笑いながら訊いた。

「何言ってるんですか。近頃病状が悪化したって池田先生も心配してましたよ。哲也さん、先生のところへ言って今の話全部しましょう、ねっ」

眉間に皺を寄せ、険しい表情で看護師が哲也の腕を引っ張って行く。看護師のただならぬ気迫に押されて、哲也は黙って付いていくことにした。

看護師は哲也を池田先生のところへと連れて行った。

哲也の苦手な先生だが仕方がない。

哲也は渋々、池田先生に園田と女幽霊のことを全て話した。哲也が顔を見せるたびにニコニコ顔で迎えてくれた池田先生が顔を曇らせる。

「園田さんってあの園田俊之さんのことかい？　岡松さんの幽霊も見えると。う～ん、いかんねぇ。いかんよ哲也くん、幻覚も見えると。それは症状が悪化しているね。薬はちゃんと飲んでいるんだろうね。うーむ、だとしたら薬の種類を変えてみるか」

哲也は先生の言葉の意味が分からず、辺りをキョロキョロ見回した。

看護師も険しい表情で見つめている。

「症状？　薬？　何のことですか、警備の仕事があるので僕これで失礼します」

不安になった哲也が席を立とうとすると、その両肩を看護師が掴んで椅子に押し戻した。

「あーっダメダメ、ここに座ってなさい。仕事？　何を言ってるんだね、君は病気で入院してるんだよ。中田哲也十九歳、妄想型の統合失調症でね。警備員ってのは君の妄想だよ。親御さんが心配している。早く良くならないとね」

池田先生が何か言っている。

自分のことを患者だと言っているらしい、バカバカしい、先生まで僕をからかっているんだ。

哲也はムスッとして口を開いた。

「僕が病気？　僕が患者？　何言ってんです。そんなわけないでしょ、僕はこの病院の警備のアルバイトです。騙そうったってダメですよ。薬だって先生がくれたサプリメントでしょ？　騙そうったって無駄ですよ」

「あれは抗うつ剤と抗心の薬だよ、妄想癖の君に合わせてビタミン剤と言って飲ませていたんだよ。着ている服を見てごらん。患者さんがリハビリの時に着る作業服だよ。確かに警備員の服と少し似ているが、違う服だよ。これは患者の着る作業服なんだよ。中田くんは重症じゃないから、妄想に付き合いながら薬による治療を施していたんだがね……。悪化しているようだし、薬だけじゃダメみたいだね」

池田先生が看護師に新しい薬の処方箋を渡す。

看護師が薬を取りに部屋を出て行った。

「僕が患者？　僕が……。だから真奈美は病院の外で会えたらと言ったのか。だから山下さんが早く良くなるといいですねって言ったのか……ははっ、僕が患者、警備員じゃなくて、ふふっ、はははははっ」

ドッペルゲンガーの真奈美や狸の山下が自分に言った言葉を思い出して呟いた。

二人とも初めて会った時に自分のことを入院患者だと間違えて話し掛けてきたことをはっきりと思い出していた。

真奈美や山下だけじゃない、他の人たちも皆、自分が警備員だと紹介するまで気付いてくれなかったことを思い出した。


「僕が患者……ここに入院している……」

頭の中が真っ白になった。


「まっ、今日のところは新しい薬を渡しておくから、一週間ほどこれを飲んで症状が改善されなかったら他の方法を考えましょう。いいですね哲也くん、薬ちゃんと飲むんだよ」

池田先生は看護師が持ってきた薬を哲也に渡すと背中をポンポンと叩いた。

哲也は力なく立ち上がると診療室を出て行った。

看護師が部屋へと連れて行ってくれた。

そこは警備員の休憩室ではなく個室の病室であった。本当の警備員休憩室は、プレハブの二階家がＤ病棟とＨ病棟の傍に一つずつ建っているだけで他にはない。

哲也は案内された個室も休憩室だと思い込んでいた。大きな病院だから休憩室も複数あるのが当然と考えていた。

「僕の部屋……」

部屋に入ってすぐのプレートに中田哲也と自分の名が書いてある。

いつも見ていた休憩室とは違い、中には白いベッドが一つ、横に小さなテーブルと椅子が置いてあるだけの殺風景な部屋だ。

「いつもの部屋じゃない……長椅子もないし、テーブルもない……二段ベッドじゃないし……園田さんとオセロや将棋をしたんだ……本当に…………」

哲也は力なくベッドに腰を掛けた。仲の良い看護師が心配そうに見ている。

「大丈夫ですか、哲也さん」

「いつも一緒に夜勤してたのに……そう言えばあの日、見回りを代わってくれって言われたあの日は昼だった。昼飯前だった……園田さん夜勤だけなのに昼だった……全部幻覚……僕は病気か」

看護師の声も聞こえないのか哲也がぶつぶつと続ける。

「でも、園田さんも僕の幻覚だったのかな。でも僕は確かに見たんだ。一緒に夜間の見回りをして警備の仕事も全て園田さんに教えてもらったんだよ。この前だってF病棟の五階トイレで男の人が倒れてるって一緒に見に行ったんだよ。トイレの鍵開けたんだよ」

「Fの五階トイレ……哲也さんそこですよ。そこで園田さん自殺したんですよ。五階トイレの真ん中の個室で、薬を飲んで死んでいたんですよ。誰かに話でも聞いたんですか？　幻覚にしたってこれほど詳しいなんて……誰かに話でも聞かないと無理ですよ」

看護師が真っ青な顔をして、何かあればナースコールで呼んでくれと、逃げるように部屋を出て行った。

「幻覚か幽霊か、どっちでもいいや……僕も病気だ。病気なら本当だろうと嘘だろうと関係ない。今まで僕が会った患者さんもこんな気持ちだったのかな。こんなに不安だったのかな……」

哲也は不貞腐れてベッドに横になってそのまま眠ってしまった。

いつの間にか明かりが消えていた。見回りの看護師が消してくれたのだろう。

「哲也君、哲也君、起きてよ哲也君」

誰かに呼ばれて目を覚ます。枕元に園田が立っていた。

「あぁ園田さん。先生がね、僕は警備員じゃなくて患者だって言うんだよ。園田さんも死んでるって言うんだ。あの女幽霊は岡松幸子さんで、園田さんが殺したから憎いって追いかけてくるんだね。園田さん全部知っていたんでしょ？　意地悪なんだから」

哲也は半分寝惚けていた。

園田が幽霊と知っても怖くはなかった。当然だ、何ヶ月も一緒に仕事をしていたのである。園田は優しかった。たとえ幽霊でも怖くなくて当然である。

「悪いね……そうなんだよ。でも楽しかったろう？　私も楽しかったよ。岡松さんは殺すつもりじゃなかったんだ。どうしても思いを遂げたくて、夜這いをかけたら騒がれてね……それで仕方なく。勝手だとは思うよ。でもね、好きで好きでどうしようもなくなったんだよ。我慢できなくなったんだ。その挙句がこの様さ。死んでからも彼女に会うのが怖くてね。でも謝りたくて、それが心残りで、それで私は彷徨っているんだ。彼女も彷徨っている。どうしたらいいんだろうね」

園田が申し訳なさそうに、泣き出しそうな顔で哲也を見つめた。

「謝りに行きましょうよ。それしかないでしょ？　たとえ許してくれなくたっていいじゃないですか。そうしないと岡松さんも園田さんも、二人共うかばれませんよ。僕も一緒に行ってあげますから、岡松さんに謝りに行きましょう。ねっ園田さん」

「そうだな、哲也君が一緒だと心強いな。うん謝ろう。許してくれなくともいい。謝ろう」

園田の顔が明るくなった。

いつも青白かった顔に少しばかり赤みが戻ったように感じた。

哲也と園田は二人でA病棟へと向かった。

覚悟を決めたからか、自分の本当の事が分かったからか、あんなに恐ろしかった女幽霊の顔を想像しても、なぜだか少しも怖くはなかった。

A病棟の三階、個室病室の前に女が立っていた。時刻は深夜の二時を回っている。

「ううっ、哲也君、居るよ。岡松さん居てるよ。どうしよう」

「どうしようって謝りに来たんでしょ。逃げたり消えたりしちゃダメですよ。絶対ダメ」

情けなく腕にすがり付く園田を哲也は強い口調で叱責した。

しがみ付く園田の腕に力が入る。岡松がこちらを見ていた。

「憎い憎い、恨めしい、私を殺した男が憎い、あの男……お前だーっ」

叫び声と同時に岡松が目の前にいた。

赤く充血した目を吊り上げ、口から血を流し、鬼のような形相で恨めしげに睨みつけている。

「ひぃひぃーっ、たっ助けて、ひぃいぃい〜〜っ」

「園田さんまた逃げるんですか。謝りに来たんでしょ。逃げてまたずーっと後悔するんですか。岡松さんのこと本当に好きなんでしょ？　本当に後悔してるんでしょ？　だったら謝りましょうよ。謝ることしかできないんだから。許してくれなくてもいいじゃないですか」

哲也は後ろに隠れるように身を寄せた園田の腕を引っ張ると、岡松の前に押し出した。

「そうだ、その通りだ。謝る。謝りに来たんだ。岡松さん悪かった。許してくれなんて口が裂けても言えない。だが殺す気なんてなかったんだ。岡松さんが好きで好きで堪らなかったんだ。あの夜はどうしても感情が高ぶって、自分の体を抑えられなかったんだ。岡松さんが欲しかったんだ。愛しているんだ。つい力が入って殺してしまったんだ。悪いと思ってすぐに私も自殺したんだ。死んだんだ。死ねばあの世で岡松さんに会える、謝れると思って自殺したんだ。悪かった……本当に悪かった。今の私にできることならどんなことでもする。何でも言ってくれ、本当に悪かった」

園田が土下座をして謝った。

「憎い憎い、私を殺したのは憎い、もっと生きたかった。でも園田さんの気持ちは分かっていた。私を愛してくれているのも分かっていた。ただ、私にも好みがある。だから断った。私を殺したのは憎い、恨めしい、許せない……でももう園田さんも死んだ。自分の罪を悔やんで死んだ。死んだ者には祟ることもできない、それがまた憎いし恨めしい。しかし……全部済んだこと。許しはしないが諦めましょう」

園田を見つめる岡松の表情が変わった。

鬼の形相が悲しみを湛えた女の顔になっていた。ハッとするような美人だった。園田が惚れたのも分かる。

「園田さん顔をお上げなさい、けっして許しはしません、でもあなたの気持ちも分かりました。もう済んだこと……全て諦めましょう。これで私も安心して休めそうです」

顔を上げた園田にそう言うと岡松はスゥーっと靄のように揺らめいて消えていった。
岡松は最後に哲也をチラッと見て会釈をしてくれた。それを見て哲也は終わったんだと思った。

園田がゆっくりと立ち上がって哲也の両腕を取った。

「岡松さんは許してはくれなかったが、私も心につっかえていた物が取れた。謝れて良かった。これでゆっくり眠れそうだ。哲也君には本当に世話になったね。この埋め合わせは必ずするからね。いつになるか分からないけど、必ず哲也君の力になるからね。じゃあしばらくはこれでお別れだ。ありがとう、哲也君」

哲也の腕を握る園田の力が軽くなっていく。同時に園田の体が薄くなり、後ろが透けて見える。

「良かったですね、園田さん。じゃあお別れですね。今までありがとうございました」

哲也が頭を下げると園田は微笑みながら消えていった。

薄暗い廊下を哲也は清々しい気分で自分の部屋へと帰って行った。

「園田さんは幻覚なんかじゃない。岡松さんも、今まであった出来事も、全部幻覚や妄想なんかじゃない。いや、妄想だったとしてもそれでいいじゃないか。僕が納得してるんだからそれでいい。目に見えるものが全てじゃないんだ。僕はそれを知っている……それだけでいい」

哲也は一人呟いてベッドに転がってそのまま眠った。


自分は警備員ではなく患者だった。

妄想型の統合失調症を患った妄想癖の患者だ。

今はまだ何が現実で何が妄想だったかは分からない。なぜ磯山病院へ入院したのかも思い出せない。それが病気の所為なのか……何も分からない。

でも哲也はこれからも警備を続ける。見回りを続ける。病院という世間と隔離された世界の中では何かをしていないと不安なのである。

そしてこれからもいろいろな患者たちから怪奇な話を聞いて回るだろう。彼らの話は幻覚かもしれない。妄想かもしれない。脳が、神経が作り出した幻かもしれない。しかし体験した本人にとっては現実なのである。これだけは間違いのない事実だ。

哲也は今日も警備巡回をして回る。

どこかに自分の出口があるような気がするから。

あとがき

先ずは本書を手に取ってくれてありがとうございます。稚拙な文章で読み辛いところが多々あることを恥ずかしく思います。

私は文系ではなく、理系でパソコンを触るのは得意ですが、文章を書くのは苦手です。そのくせ物語を空想するのが好きという人間で、今も頭の中の物語を旨く文章に落とし込めずに苦労しながら怪談を書いております。

小学生の頃から怖い話が好きで、テレビで放送している怪奇番組をよく見ていました。お化けだけでなく妖怪も好きで、水木しげる先生の妖怪図鑑を表紙が外れ、ページがばらけるほどに読んでいたものです。自分の書いた物語が一冊の本になるなどその当時は思いもしていませんでした。

短編の怪談は六年ほど前から某巨大掲示板などで書いておりました。それで短い話は書く自信があったのですが、長い話は冗長になってしまうのではないかと不安でした。

ではどうするか？　そうだ！　短い話の連作にすればいい。テーマは何にしようか。神仏、山の怪、海の怪、色々浮かんだものを押し退けて、病院がすっと入って来ました。

病院の怪というのは怪談の中でも怖いものが多い、生死が行き交う場所です。身近にありながら隔離された場所でもあります。怪異も集まりやすいのかもしれない。病院の怪でテーマは「心」、すんなりと決まりました。単純な連作ではなく、いくつかの話に関連性を持たせて纏めよう、そうして『怪奇現象という名の病気』が出来たのです。


怖い話は種々あるが結局は人間が怖いと私は思っています。恨みで化けて出る幽霊も、妖怪変化に襲われるのも、結局は人間が余計なことをした自業自得が多い。中には理不尽なものもありますが、それも無自覚に余計なことをして怪異に遭っていることが多いと思っています。

幽霊は本当にいるのか？　オカルト好きなら誰でも考えるでしょう。

否定派は見間違い、錯覚だと片付ける。「幽霊の正体見たり枯れ尾花」というやつです。

私も霊現象のほとんどは錯覚だと思っています。寝入りばなや、深夜目が覚めて見たというものは、寝惚けた脳が起きた後も夢の続きを見せているのでしょう。金縛りも同じ。起きているつもりが、金縛りにあった時には既に眠っているのです。いつもの部屋だがそこはもう夢の中なのだと、リアルな夢で起きているのだと勘違いして、そこで変なものを見ると霊現象だと思ってしまう。

しかし、全てが錯覚とは言いません。私も怪異に何度か遭っているからです。

私が高校生の頃、中学の同級生がバイク事故で亡くなりました。何も知らずに寝ていた私が深夜、気配を感じて目を覚ますと、枕元に彼が居ました。寂しげに見つめる彼に私は何故か「行くのか」と話し掛けていました。彼は頷くと「うん、お別れだ」と返しました。翌日、彼が事故で亡くなったと連絡を受けました。霊現象か予知夢か、どちらにせよ彼の死を連絡前に感じたのは事実です。私は彼の葬式には行きませんでした。本当に別れるようで嫌だったのです。夢でも何でもまた現れてくれるのではないかと考えたのです。期待とは裏腹にその後、彼は現れてはくれませんでした。正直、今は葬式に出なかったことを悔やんでいます。

他にも虫の知らせみたいなものを幾つか体験しています。

科学では解明されていない不思議な能力が人間にはまだあるのかもしれない。それが怪異に繋がっているのではないかと、そんなふうに思えてなりません。

ただ今、小説投稿サイト「小説家になろう」と「エブリスタ」で続きとなる『怪奇現象と言う名の病気　乙』を書いています。哲也のその後が気になった方は目を通して貰えると嬉しいです。

今回、私の拙い文章を読めるレベルにまで校正してくれた編集のO女史には感謝です。本は著者一人で作るものではなく、多くの人が係わって出来るのだと学ばせてもらいました。

令和二年夏

沖光峰津

怪奇現象という名の病気

2020年9月4日　初版第1刷発行

著　沖光峰津
カバー　橋元浩明（sowhat.Inc）
発行人　後藤明信
発行所　株式会社　竹書房
〒102-0072　東京都千代田区飯田橋2-7-3
電話03-3264-1576（代表）
電話03-3234-6208（編集）
http://www.takeshobo.co.jp
印刷所　中央精版印刷株式会社

定価はカバーに表示しています。
落丁・乱丁本は当社までお問い合わせ下さい。

ISBN978-4-8019-2387-4 C0093

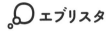